पी कहाँ?

(उपन्यास)

रतन नाथ सरशार

Pee Kahan? *(Novel)*
By: Ratan Nath Sarshar
Edition: October '2025
Publisher :
Taemeer Publications LLC (Michigan, USA / Hyderabad, India)

ISBN 978-93-6908-536-1

किताब	:	**पी कहाँ?**
संकलित	:	रतन नाथ सरशार
रचना-पद्धति	:	फ़िक्शन
प्रकाशन वर्ष	:	2025
पृष्ठ	:	144
कवर डिज़ाइन	:	ता'मीर वेब डिज़ाइन

विषय-सूची

रतन नाथ सरशार और पी कहाँ

रतन नाथ सरशार (1846-1903) उर्दू अदब के एक बड़े लेखक थे। उन्होंने नॉवेल, कहानी, मज़मून और नाटक जैसे मुख़्तलिफ़ अदबी रूप में अपनी तख़लीक़ात कीं। उनकी लिखने की शैली में हंसी और तंज़ का अनोखा मिलावट है, जिससे उनकी तख़लीक़ात मज़ेदार होने के साथ-साथ सामाजिक मुद्दों पर भी रोशनी डालती हैं।

सरशार एक बहुमुखी लेखक थे और उन्होंने कई विषयों पर लिखा, जिसमें सामाजिक सुधार, राजनीतिक व्यंग्य, और लखनऊ की संस्कृति शामिल है। उनके लेखन की कुछ प्रमुख विशेषताएं हैं:

व्यंग्य और हास्य: उन्होंने समाज में व्याप्त बुराइयों पर तीखा व्यंग्य किया और अपने पाठकों को हंसाने के साथ-साथ सोचने पर भी मजबूर किया।

यथार्थवादी चित्रण: उन्होंने अपने उपन्यासों में लखनऊ के जीवन का यथार्थवादी चित्रण किया, जिसमें आम लोगों की जिंदगी, उनकी भाषा और

उनकी संस्कृति शामिल है।

भाषा की सरलता: उनकी भाषा सरल और आम बोलचाल की है, जिससे उनकी रचनाएँ हर वर्ग के पाठकों के लिए सुलभ हैं।

उनकी कुछ प्रमुख रचनाएँ हैं:

फ़िसाना-ए-आज़ाद: यह उनका सबसे प्रसिद्ध उपन्यास है, जो लखनऊ के जीवन और संस्कृति का विस्तृत चित्रण करता है।

पी कहाँ: यह उपन्यास एक साहसी और चंचल युवती की कहानी है, जो सामाजिक बंधनों को तोड़कर अपनी पहचान बनाती है।

ख़ुदा-ए-फ़ौजदार: उनका नॉवेल ख़ुदा-ए-फ़ौजदार डॉन किख़ोटे का उर्दू अनुवाद है।

जाम-ए-सरशार: यह उनके निबंधों और लेखों का संग्रह है, जिसमें उन्होंने विभिन्न सामाजिक और राजनीतिक मुद्दों पर अपने विचार व्यक्त किए हैं।

सरशार ने लखनऊ की तहज़ीब और समाज को अपनी तख़लीक़ात में बखूबी चित्रित किया है, जिससे उनकी तख़लीक़ात उस वक़्त के जीवन का आईना बन गई हैं। उनकी ज़बान सरल और आम बोलचाल की है, जिससे उनकी तख़लीक़ात हर वर्ग के पाठकों

के लिए दस्तयाब हैं। उन्होंने अपनी तख़लीक़ात के ज़रिये समाज में फैली बुराईयों और अंधविश्वासों पर हमला किया और लोगों को जागरूक करने का प्रयास किया।

पी कहाँ

"पी कहाँ" रतन नाथ सरशार का एक अहम नॉवेल है, जो उर्दू अदब में अपनी अनोखी शैली और विषय के लिए जाना जाता है। यह नॉवेल 19वीं सदी के लखनऊ के समाज और तहज़ीब को ज़िंदा रूप से पेश करता है।

"पी कहाँ" का खुलासा:

"पी कहाँ" उपन्यास एक ऐसी लड़की की कहानी है जो 19वीं सदी के लखनऊ शहर में रहती है। पी कहाँ गरीब ज़रूर है, पर वो दिल से बहुत मज़बूत और साहसी है। उपन्यास में, सरशार ने लखनऊ के रईसों और नवाबों के रंगीन जीवन की झलक दिखाई है, जहाँ नाच-गाने और उत्सवों का बोलबाला है।

पी कहाँ का जीवन आसान नहीं है। उसे समाज की कई मुश्किलों का सामना करना पड़ता है।

उपन्यास में औरतों की कमज़ोर हालत, रीति-रिवाजों के नाम पर होने वाले धोखे और समाज में फैले झूठ को दिखाया गया है। पी कहाँ इन सबसे लड़ती है और अपनी समझदारी और हिम्मत से अपनी पहचान बनाती है।

उपन्यास में पी कहाँ का एक अमीर आदमी से रिश्ता भी दिखाया गया है, जो उसे अपनी ज़िंदगी बदलने का मौका देता है। इस रिश्ते में प्यार, धोखे और सामाजिक बंधनों की उलझनें हैं। पी कहाँ को यह तय करना होता है कि वह अपनी खुशी और समाज के नियमों में से किसे चुने।

"पी कहाँ" सिर्फ एक कहानी नहीं है, बल्कि उस समय के समाज का एक चित्र है। सरशार ने लखनऊ की भाषा, संस्कृति और लोगों को ऐसे दिखाया है कि वे हमारी आँखों के सामने जीवंत हो उठते हैं। उपन्यास हमें यह सोचने पर मजबूर करता है कि समाज में बदलाव कितना ज़रूरी है और हमें अपनी पहचान और आज़ादी के लिए कैसे लड़ना चाहिए।

अदबी अहमियत:

"पी कहाँ" उर्दू अदब में अपने यथार्थवादी चित्रण, हास्यपूर्ण शैली और सामाजिक पैगाम के लिए ज़रूरी है। सरशार ने इस नॉवेल में लखनऊ की तहज़ीब, ज़बान और सामाजिक जीवन को असली रूप से पेश किया है। नॉवेल में महिलाओं की स्थिति और उनके संघर्षों को भी प्रभावशाली ढंग से दर्शाया गया है। "पी कहाँ" उर्दू अदब में एक मील का पत्थर है, जिसने बाद के लेखकों को सामाजिक मुद्दों पर लिखने के लिए प्रेरित किया। यह नॉवेल आज भी पाठकों के बीच लोकप्रिय है और उर्दू अदब के अध्ययन में ज़रूरी माना जाता है। "पी कहाँ" नॉवेल में उस वक़्त के समाज की बुराईयों, अंधविश्वासों और सामाजिक अन्याय पर भी कटाक्ष किया गया है।

बाब : 1

'पी कहाँ! पी कहाँ! पी कहाँ! पी कहाँ!'

मंगल का दिन और अँधेरी रात, बरसात की रात। दो बज के सत्ताईस मिनट हो आए थे। तीन का अमल। सब आराम में। सोता संसार, जागता पाक परवरदिगार। सन्नाटा पड़ा हुआ। अँधेरा घुप्प छाया हुआ। हाथ को हाथ नहीं सूझता था। दो चीजों से अलबत्ता अँधेरा जरा यों ही-सा कम हो जाता था, और वह भी पलक मारने तक को - एक तो कौंढे के लौंकने से बिजली चमकी और गायब, दूसरे जुगनू की रोशनी। नाखून के बराबर कीड़ा, मगर दामिनी की दमक से मुकाबला करने वाला। आसमान पर वह और जमीन पर यह। कोई मिनकता भी न था। अगर कोई आवाज आती थी तो पत्तों के खड़खड़ाने की। हवा के जन्नाटे के साथ चलने से दरख्तों पत्ते गोया तालियाँ बजाते थे। तारे सब गायब। जमीन से आसमान तक एक ही तरह का अँधेरा छाया हुआ - घटाटोप अँधेरा। अगर हवा तेजी के साथ न चलती

तो मूसलाधार मेंह बरसता और खूब दूर-दूर तक बारिश होती।

इसी मंगल के दिन एक जंगल में एक बड़े लक्कदक्क महल की छत पर एक आलीशान कमरे में एक नाजुक-सा लड़का पड़ा हुआ मीठी नींद ले रहा था। बहुत ही खूबसूरत लड़का। सिन कोई सोलह बरस का, अभी मसें भी नहीं भीगी थीं। सर के बल कमर तक लंबे, सियाह जैसे भँवरा। लखनऊ के छोटे गांधी की दुकान का सोलह रुपएवाला हिना का तेल पड़ा हुआ। पट्टियाँ जमी हुईं, चोटी गुँधी हुई। प्यारे-प्यारे हाथों में मेहँदी रची हुई। गोरे-गोरे पाँव, रंगीन होंठ : मिस्सी के ऊपर पान का रंग चढ़ा हुआ। रसीली आँखों में सुर्मे की तहरीर।

- मीठी नींद सो रहा था, बिलकुल गाफिल। तीन कमसिन, कम-उम्र औरतें पलँग के इधर-उधर तकल्लुफ से बिछे हुए फर्श पर सो रही थीं। और एक नई नवेली एक चारपाई पर उस लड़के के पलँग के पास आराम करती थी। एकाएक ही बादल बहुत जोर से गरजा, और इस खूबसूरत गबरू की आँख खुल गई। देखा, तो अँधेरा घुप छाया हुआ। आराम करने के पहले ही से तबीअत परेशान थी, बहुत ही

बेचैन। बड़ी दिक्कतों से आँख लगी थी। अब इस अँधेरे को देख कर और भी परेशान हुआ पलँग से उठ कर टहलने लगा। कायदा है कि जब इंसान अँधेरे का जरा देर तक आदी हो जाता है तो फिर अँधेरा कम मालूम होता है। देखा, कि फैजन, उनके कोका की लड़की, चारपाई पर सो रही है। उसको इस लड़के ने जगा दिया। वह फौरन उठ बैठी और काफूरी शमा जलाई, और कहा - ओफ्फोह, बड़ा अँधेरा है!

इतने में यह हसीन लड़का फिर टहलने लगा। थोड़ी देर में आवाज आई - 'पी कहाँ! पी कहाँ!'

जंगल के जिस बाग में यह इमलाक थी, उसमें एक सतखंडा बना था। इस सतखंडे के पास शीशम का एक बहुत बड़ा दरख्त था। उसकी एक शाख पर, जो सतखंडे की पाँचवीं मंजिल के पास थी, पपीहे ने झोंझ लगाया था, और इसी की 'पी कहाँ! पी कहाँ!' की आवाज सुन कर यह लड़का भी कहने लगा - 'पी कहाँ! पी कहाँ!' लड़कों का कायदा होता है कि कोयल को चिढ़ाने में उसके साथ-साथ उसकी बोली बोलते हैं या चिल्ला-चिल्ला कर कहते है है : 'काले कौवे की जोरू!'

मगर इस लड़के की 'पी कहाँ!' की आवाज इतनी दर्द से भरी हुई थी कि सुन कर कोई यह न समझता कि चिढ़ाता है।

इतने में फिर बादल जोर से गरजा, और अबकी पहले से आवाज कहीं तेज थीं। जो तीन कमसिन औरतें फर्श पर सो रही थीं वह भी चौंक पड़ीं। देखा, तो काफूरी शमा जल रही है, 'पी कहाँ!' की आवाज बाग से आ रही है, और लड़का इधर से उसी की बोली 'पी कहाँ! पी कहाँ!' कह रहा है, और फैजन साथ है। ये तीनों भी उठ खड़ी हुईं :

प्यारी - महरी - सिन सत्रह बरस का, नमकीन, बड़ी नेक, बहू-बेटियों में रहने के काबिल। इसकी माँ जहेज में आई थी।

सितारन - नौकरानी की लड़की - अट्ठारह बरस की उम्र, बड़ी शोख और तेज।

दुलारी - मुगलानी की छोकरी - सोलहवाँ बरस, नाजुक बदन, खूबसूरत। अकाल के दिनों में मोल ली गई थी।

फैजन - कोका की लड़की - सत्रहवाँ साल, इस लड़के पर जान देती थी। और इस लड़के को भी उससे दिली मोहब्बत थी।

सितारन - ए हुजूर उठ क्यों बैठे? मिजाज तो अच्छा है?

प्यारी - मेरी तो अभी-अभी आँख खुली। बादल जो गरजा तो एकाएकी चौंक पड़ी। देखा तो शमा जल रही है और हुजूर कुछ कह रहे हैं।

फैजन - मुझे तो हुजूर ने जगाया। सुनती हूँ, तो 'पी कहाँ!'

दुलारी - ले अब हुजूर पलँग पर आराम करें!

उस लड़के ने दोबारा झूम-झूम के कहा - 'पी कहाँ! पी कहाँ!' और फैजन ने हाथ जोड़ कर अर्ज की, कि सरकार पलँग पर बैठें।

लड़का उसके कहने से पलँग पर बैठा और बैठने के बाद लेट गया। सितारन और दुलारी पाँव दबाने लगीं। सिरहाने बैठ कर पंखा झलने लगी। फैजन ने उस लड़के के गले में हाथ डाल कर चूमके कहा, अब सो रहो। रात बहुत भीगी है। पपीहा बोल रहा है। हलकान हो जाओगे।

सितारन - (दाँतों-तले उँगली दबा कर) क्या बकती हो!

प्यारी - उफ! कित्ती अँधेरी रात है!

इतने में बिजली चमकी और उसके साथ ही

बादल गरजा। और बादल गरजने के बाद ही आवाज आई - पी कहाँ! पी कहाँ! और इधर परी से सुंदर लड़के ने पलँग से उठ कर कहा - 'पी कहाँ! पी कहाँ!' और फैजन ने फिर चूम कर कहा - 'ले आराम करो!

प्यारी - तुम तो, बी फैजन, अँधेर कर रही हो। हम सबके सामने ऐसे खूबसूरत, कमसिन कुँअर को गले लगा के चूमती हो, भला यह भी कोई बात है। आखिर हम भी तो नौजवान हैं। जो तुम्हारा सिन, वह हमारा सिन। हमसे यह क्यों कर देखा जायगा, और फिर हम शक्ल-सूरत में तुमसे कम नहीं।

फैजन - अच्छा, इन्हीं से पूछो। जो यह कहें वही ठीक है।

दुलारी - और क्या। 'जिसे पिया चाहे वही सुहागन, क्या सँवरा क्या गोरा रे!'

ये सब बातें उस लड़के के दिल बहलाने के मजाक की होती थीं। मगर दिल में सब को रंज था कि यह साहबजादा बेचैन है। उसकी बेचैनी दूर करने के लिए इन्होंने ये दिल्लगी की बातें शुरू कर दीं।

फैजन - हमारे अच्छे गोर-चिट्टे होने का सबसे सबूत यह है कि हम इनको प्यार करते हैं, - यह है,

कि तुम इत्ती हो, मगर किसी को यह जुर्रत नहीं कि इनको चूम ले।

यह लड़का इस वक्त दुखी था। मगर ये बातें सुन कर जरा योंही-सा मुस्करा दिया, और फैजन ने तालियाँ बजा कर कहा - ए लो, अब कहो! कौन जीत गया - हम या तुम? हमने जो बात कही, वह सुनते ही हँस दीं!

प्यारी - 'हँस दीं' क्या मानी, फैजन! वह - तोबा! - 'हँस दिए' - 'हँस दीं' नहीं।

इतने में इस लड़के को नींद आ गई। और जो पाँव दबाती थी, वह आहिस्ता-आहिस्ता पाँव दबाने लगी, और जो पंखा झल रही थी, वह भी आहिस्ता-आहिस्ता झलने लगी। थोड़ी देर के बाद, ये चारों अपनी-अपनी जगह पर जा कर सो रहीं। कोई आध घंटे तक इस कमरे में सन्नाटा पड़ा रहा, और उसके बाद फिर यह लड़का जागा, और जागते ही सुना - 'पी कहाँ! पी कहाँ!' यह सुनते ही चुपके से उठा और नीचे उतरा, और सीधा उस सतखंडे की तरफ चला और पाँचवीं मंजिल पर जा कर पपीहे की झोंझ की तरफ हाथ बढ़ाया। दरख्त की शाख उसके पास तक आती थी। पहले हाथ वहाँ तक नहीं पहुँचा, फिर

कोशिश की, और झोंझ से एक जानवर निकाल लिया, और फिर नीचे उतरा। दूसरा जो उस दरख्त से भाग गया था, उसको खबर भी नहीं कि झोंझ में क्या हो रहा है। जब यह लड़का उस जानवर को ले कर उतरा, उसी दम जानवर के चिल्लाने की आवाज सुनी और उसने उसके जवाब में आवाज दी - 'पी कहाँ! पी कहाँ!'

अब सुनिए कि पिछले पहर के बाद फैजन की आँख खुल गई। गो इस वक्त सुबह का धोखा-सा होने लगता था मगर आज बदली के सबब से अब तक अँधेरा छाया हुआ था। फैजन के उठते ही प्यारी की भी आँख खुल गई। उठके बैठी तो अंदाज से ही समझी कि फैजन हैं। पूछा - फैजन, सरकार आराम में हैं? उसने आहिस्ता से कहा, हाँ। अँधेरा होने से दोनों को नहीं मालूम हुआ कि सरकार का पलँग सूना पड़ा है। इतने में फैजन प्यारी के पास चली आई।

फैजन - अरी बहन, रात तो 'पी कहाँ! पी कहाँ!' कहते-कहते उन्होंने नाम में दम कर दिया।

प्यारी - एक बात मैं कहूँ! गोरा-गोरा मुखड़ा, लंबे-लंबे बाल, सत्रह अट्ठारह या सोलह-सत्रह बरस

का सिन, और इत्ता खूबसूरत - जब तुमने लिपटा के गले में हाथ डालके चूमा तो, बस, मेरे कलेजे पर जैसे साँप लोटने लगा।

फैजन - वाह गधी! साँप लोटने की कौन बात है?

प्यारी - हाँ-हाँ, यह तो ठीक है, मगर उत्ती साइत तो एक अजीब समाँ बँध गया।

फैजन - सच कहूँ? मुझे खुद यही मालूम हुआ। उनकी सूरत और नख-सिख उस वक्त बिलकुल उससे मिलती थी - वह जो कत्थक का लौंडा नहीं है? - पार रहता है - वही लंबे-लंबे बाल, वही पतली कमर, वही गोर-गोरे गाल, वही रंग-रूप, वही लोच। 'पतली कमर बल खाय रे ननदिया!'

प्यारी (फैजन के गले में बाँहें डाल कर) - बस, बस, यही मैं भी कहने को थी! सच कहूँ, मेरा खुद जी चाहता था, कि जिस तरह तुमने गले लिपटाके चूम लिया था, उसी तरह मैं भी गले लिपटाके चूम लूँ। मगर हमसे तो यह जुर्रत हो नहीं सकती। तुहारे मरतबे बढ़े हुए हैं।

फैजन - हाँ, बस यह ठीक है। कभी जुर्रत ही न होती! कोई बात है भला! हमारी अम्मीजान सुनें तो

जहर ही खा लें!

इतने में रोशनी जरा-जरा फैलने लगी, और प्यारी ने पलँग देख कर कहा - अरे!! ए बहन, वह हैं कहाँ? फैजन ने जो पलँग को देखा तो कहा - हाँय!! यह क्या बात! अरे! अब दुलारी और सितारन जाग उठी और उस साहबजादे की तलाश होने लगी।

सितारन - कहाँ, है कहाँ?

दुलारी - (घबरा कर) फैजन, ये कहाँ हैं?

फैजन - (इधर-उधर देख कर) मेरे तो जैसे हाथों के तोते उड़ गए। मैं बख्तों-जली सो क्यों रहीं?

चारों परेशान और हैरान हो कर इधर-उधर ढूँढ़ने लगीं। मगर कहीं पता न मिला।

अब बेंच पर साहबजादे आराम में है, और हाथ में कोई जानवर है। और एक जानवर जोर-जोर से ऊपर-ऊपर चिल्ला रहा है। ये चारों दौड़ीं और सब की सब हद से ज्यादा परेशान। फैजन ने कहा - अरे, यह क्या हो रहा है? प्यारी बोली कि बहन, यह तो गजब का सामना है! सितारन ने कहा, लोग हमको क्या कहेंगे कि इत्ती बड़ी वारदात हो गई और इन चारों के कान पर जूँ तक न रेंगी। बड़ी गजब है!

दुलारी - अरे ये यहाँ आए कब?

फैजन - यह हाथ में क्या है!

दुलारी - (बड़े अचंभे के साथ) अल्लाह करे नींद में हैं!

***

बाब : 2

कसबे से डेढ़ कोस के फासले पर एक बड़ा लंबा-चौड़ा अहाता है, दीवारें चौतरफा बहुत ऊँची-ऊँची। अहाते के बड़े फाटक के अंदर पहुँचते ही, दूर तक हरी-हरी दूब का, हीरे-सा दमकता हुआ फर्श नजर आता था, और सबके पहले इसी पर नजर पड़ती थी। और इसके चार कोनों पर चार फव्वारे छूटते थे, जिनके पानी से दूब सींची जाती और आँखों को तरावट होती थी। इस दूब के बहुत बड़े तख्ते से हो कर एक और फाटक था। मशहूर था कि सोमनाथ के मंदिर के फाटक के बाद हिंदुस्तान में यह दूसरे नंबर का फाटक है। इस फाटक से दूर तक खुशबूदार फूलों की क्यारियाँ थीं। लाल-लाल फूलों की क्यारियों में गुले-लाला खिला था। मालूम होता था कि फूलों की लाल कुर्तेवाली पलटन किसी पर धावा करने को लैस है। पीले रंग के ताजे-ताजे फूलों को देख कर बसंत की रुत याद आती थी। सफेद फूलों के तख्ते बड़ी बहार दिखाते थे। क्यारियों के इर्द-गिर्द कुछ कुछ फासलेदार सरौ के दरख्त बहार के लुत्फ को दोबाला

करते थे। इसके बाद एक छोटा फाटक था, जिसके दाहिने-बाएँ संगमर्मर के दो जवान सिपाही बने हुए थे। एक जवान की चढ़ी दाढ़ी और खड़ी मूँछें : कमर से तलवार और तमंचे की जोड़ी लगी हुई, तना हुआ, आँखें खूँखार, छेड़ कर लड़ाई मोल लेने पर तैयार। दूसरा डँड़ियल पहलवान, पीठ पर ढाल लिए, सूरत से जाहिर होता था कि बड़ा तीखा सिपाही है - मिजाज का कड़ुआ। एक सिपाही तिलंगों की वर्दी पहने, 'हेनरी मार्टीनी' रायफल काँधे पर रक्खे, किर्च लगी हुई, पहरा दे रहा था। फाटक के अंदर दाहिनी तरफ दो हाथी झूम रहे थे। एक कंजल हाथी, कजलीबन का राजा, पाँव में बड़ी भारी जंजीर पड़ी हुई, मस्त। जिस वक्त गरजता था आस-पास के बैल-गाय, भैंस, घोड़े, टट्टू, काँप उठते थे। जब चारे के लिए जाता था तब भी एक पाँव में बड़ी जंजीर पड़ी रहती थी। मस्तक पर फीलवान, आगे-आगे चरकटा, संडा-मुस्टंडा पहलवान। इस हाथी की आँखों से मालूम था कि खूनी है, चोट कर बैठेगा। दूसरी हाथी डील-डौल और जिस्म में इससे छोटा और उसके मुकाबले में लटा हुआ था। बाईं तरफ कई कटहरे बने हुए थे। एक में रीछ की जोड़ी, मियाँ-बीबी, जंगल के भालू।

दूसरे में शेर। तीसरे में अरना-भैंसा, देव का बच्चा।

इसके आगे बढ़ कर एक तालाब था।

यह बड़ा भागवान तालाब मशहूर था। एक हाथी का डुबाव। जिस जमाने में बाढ़ आती थी, उस जमाने में यह तालाब समुंदर का बच्चा बन जाता था। और जो रईसा इस कुल जमीन-जायदाद की मालिक थी, उसका खजाना हाथियों पर लद के जाता था। इस तालाब में एक पटेला नाव थी, और दो कीमती, सुंदर बजरे, जिन पर पर्दानशीन बेगमें कभी-कभी हवा खाती थीं, दो घड़ी दिल बहलाती थीं। सामने एक बहुत बड़ा चबूतरा था, पक्का बना हुआ, तीन तरफ जीने। और चबूतरे के बीचोबीच में एक छोटा-सा हौज, और उस पर शामियाना तना हुआ। हौज के चारो तरफ कुरान-शरीफ की एक 'आयत' खुदी हुई थी। चबूतरे की बाईं तरफ जनानी ड्योढ़ी थी। पहले सिपाही का पहरा - तलवार पास, उसके बाद एक हब्शिन का पहरा था - हाथ में कटार लिए हुए, उसके बाद पर्दा। पर्दे के बाद एक और डयोढ़ी थी। और इस डयोढ़ी के पास ही एक छोटी-सी मस्जिद बनी हुई थी।

बड़े महल के अंदर सब के पहले एक हौज पर

नजर पड़ती थी। चमकता हुआ साफ पानी, जिसके अंदर लाल-लाल मछलियाँ मय अपने चेंगी-पोटों के झलकती हुई। कमरे और दालान और बैठकखाना सब सजे हुए। एक बड़े दालान से दीवानखाने का रास्ता अंदर की तरफ (यानी जनानखाने) से था, और बाहर की तरफ कई दरवाजे थे। यह भी सजा-सजाया था। मगर कुल चीजें, सारा सामान, झाड़-कँवल, दीवारगीरियाँ, कोच, मेज, मसनद, तकिया-सब गुलाबी। बीच में संगमर्मर की एक मेज पर गुलाबी मखमल का टेबुल-क्लाथ और उस पर गुलाबी फूलदान, मोम का बना हुआ, और वह भी गुलाबी। दीवारें भी गुलाबी रँगी हुईं। छतगीरी गुलाबी।

मसनद बिछी हुई थी, तकिया भी था, मगर मसनद, तकिया खाली। मसनद के पास एक बूढ़े दीवानजी बैठे थे। कोई सत्तर बरस का सिन। दुबले-पतले आदमी। ऐनक लगाए हुए। कान पर कलम रखी हुई - 'रखी हुई' हमने इस वजह से कहा कि दीवानजी साहब कलम को मोअन्नस (स्त्री-लिंग) ही बोलते थे, और गोश्त चाहे जिस किस्म का पका हो, ये 'कलिया' ही कहते थे, और बात में 'इल्म कसम' जरूर खाते थे। कागज चाहे कैसा ही बारीक हो, ये

बगैर किताब या दफ्ती रखे लिखते थे।

इनके इर्द-गिर्द बहुत से आदमी। एक जिलेदार, एक वारिस बाकीनवीस, एक खजानची, एक सियाहानवीस, एक मुख्तार, दो मोहर्रिर और दस असामी लोग, चार चोबदार। दरवाजे के पास एक मशालची खड़ा था, छै सिपाही, दो खवास, एक फीलबान। ये तो अमले के लोग थे। बाहरवालों में, एक पेंशनयाफ्ता बूढे डिप्टी कलक्टर सब से इज्जत की जगह पर बैठे थे। और इन्हीं के पास, एक वकील, दो नवाब, दो शरीफजादे।

इस दीवानखाने के बाद जनानखाना था, और जिस कमरे का हमने अभी जिक्र किया, उसके और दीवानखाने के दरमियान में कई दरवाजे थे। किसी में दोहरी-दोहरी चिकें पड़ी थीं और किसी में पर्दे, और कोई बंद। इन पर्दों में औरतें थीं, बेगमें। एक बेगम साहब जो इस इमलाक की मालिक थीं, सर से पाँव तक गुलाबी कपड़ें पहने थीं। गुलाबी अतलस का दोपट्टा, गुलाबी अतलस का पायजामा, गुलाबी ही अँगिया। हाथों-पाँवों में मेहँदी। जुल्फ के बाल तो अलबत्ता सियाह थे, बाकी और कुछ चीजें गुलाबी। रंगत भी सुर्ख, होंठ भी लाल। एक छोटा-सा हुक्का,

नाजुक, खुशनुमा, चाँदी का बना हुआ। कालीन से ले कर रूमाल तक सब गुलाबी।

दीवान - इस अंधेर को तो मुलाहजा फर्माइए! मैं कहता हूँ, यह जमीन-आसमान कायम क्यों कर रहेगा?

क्यों न बरसें फलक से अंगारे,
बटी दे औ' दामाद को मारे!

शरीफजादा - वाह, दीवानजी साहब, खूब शेर पढ़ा। 'दामाद' का लफ्ज कितना खूब आया है, वाह, वा, वाह!

दीवान - मैं तो बंदानेवाज-मन कुछ जानता-वानता नहीं, मगर हाँ बुजुर्गों के तुफैल कुछ गाँठ लेता हूँ। लाला माधोराम इस नाचीज के दादों में होते थे। बड़े लाला ने उनको देखा था। धनंता और संता के नौकर थे।

वासिल बाकीनवीस - बड़े पहुँचे हुए आदमी हैं! लाला कांजीमल साहब कोई ऐसे-वैसे आदमी थोड़े ही हैं।

डिप्टी कलक्टर - पुराने लोग हैं।

दीवान - हजूर अब तो जुहलाओं(मूरख-अनपढ़ों) से भी गए-बीते हैं। अब तो मिडिल पास भी हमको

जुहला गरदानता है। ले, कोई 'सिकंदर नामे' के मानी तो कह दे!

मुख्तार - 'सिकंदनामा' तो सुना मामकीमान ने लिखा था।

डिप्टी कलक्टर - 'मामकीमान' तो किताब का नाम है, जी।

दीवान - किताब का भी नाम नहीं हैं। नाम किताब का 'तरजीह-बंद' (दीवानजी खुद अपने अज्ञान का सबूत दे रहे हैं। 'तरजीअ-बंद तो छंद का नाम है - अनुवादक) है। 'मामकीमान' 'मामकीमान' इस वजह से कहने लगे कि पहले शेर का पहला लफ्ज यह है।

मामकीमान कोए दिलदारेम,
रुख ब-दुनियाए-दूँ नमी आरेम।

इधर तो दीवान कांजीमल साहब ('कांजी' तखल्लुस) जीट की ले रहे थे और लोग उनको बना रहे थे और उधर जनानखाने में औरतें उन पर बिगड़ रही थीं।

बेगम - (गुलाबी पोशाक में) ए, इस मुए बुड्ढे को यह क्या बुढभस है कि जटल उड़ा रहा है, और अस्ल मतलब से कोई मतलब ही नहीं।

दूसरी - मुआ, खबीस कहीं का। ए मुन्नी, जरी दरवाजे के पास तो बुलाओ।

मुन्नी - दीवानजी, जरी दरवाजे के पास आइए, पर्दे के पास। सरकार याद करती हैं।

दीवान - (पर्दे के पास आ कर) हुजूर, हाजिर हूँ, इरशाद।

बेगम - ए, मैं कहती हूँ : यह कोई मकतब है, लौंडों को पढ़ा रहे हो, या काम-काज का दिन है?

दूसरी - (हँस कर) दीवानजी हो, कि मियाँजी!

दीवान - हुजूर, मिर्जा तहौव्वर अली बेग, वकील, कुछ कागजातों की जाँच-पड़ताल कर रहे हैं। देख लें। तो अर्ज करूँ।

बेगम - ए हाँ, खाली-खुली बक-बक से क्या होता है?

इन बेगम साहब का मकान शहर में था। जिस इमलाक का हमने जिक्र किया, वह उनके इलाके में थी। ताल्लुकेदार को गुजरे हुए अर्सा हो चुका था।

बहुत उम्दा लिबास पहने हुए एक खूबसूरत साहेबजादा, सत्रह बरस का सिन, जनानखाने की डयोढ़ी से बाहर आने लगा। पर्दे के पास से महलदार ने इत्तला दी : 'होशियार!' दरबान और सिपाही उठ

खड़े हुए। जब यह साहेबजादा महफिल में आया तो डिप्टी आया तो डिप्टी साहब और वकील के अलावा और सबने खड़े हो कर अदब के साथ सर झुकाया, और साहेबजादा, और साहेबजादा ने वकील के पास बैठ कर मिजाज पूछा। उसके बाद दीवानजी साहब यों बोले -

ये साहबजादे जो अभी तशरीफ हैं, खुदा इनकी उम्रों को दराज करे! इन्होंने इतना कहा था कि एक चोबदार, दो सिपाही और एक मोहर्रिर ने मिल कर 'आामीन!' कहा, और दीवानजी फिर चहकने लगे।

'इन रईसजादे साहब की सूरत में खूब पहचानता हूँ। मैंने आपको जरूर देखा है। आप साहबों में से अक्सरों ने दीद किया होगा।' ('दीद' का लफ्ज सुन कर दो-चार साहब यों ही सा मुस्कराए) इन रईसजादा बुलंद नामदार का यह कुल इलाका है, और सारी जायदादों के मालिक कुल्ली यही हैं। बेगालए रैब! (उर्दू बोलते-बोलते अब दीवानजी साहब तुर्की बोलने लगे : जब थोड़ी देर में पश्तों में भीख माँगेंगे!) - 'बात असल यह है - असल ताल्लुकेदार साहब, (इस इलाके के) ने जब इस दुनिया से आँख मूँद ली, तो उनके भाई ने इन साहबजादे साहब को

पढ़ाने-लिखाने और कोर्ट-वार्ड में भर्ती कराने के बहाने से जिला-वतन कर दिया। इसको जिला-वतन ही कहना चाहिए। - और बाद उसके बेगम साहब के साथ निकाह पढ़ा लिया। और अपने आपको मलाजमीनों से 'राजा साहब' और बेगम साहबा को 'रानी साहब' कहलवाया और जो उनकी पहली बीवी थीं वह छोटी रानी साहब बाजने लगीं। आया आप सब साहबों की समझ के बीच में? - और कुछ इलाके और जायदाद पर कब्जाकरके उसके मालिक बैठे और हम सब पुराने और कदीम मुलाजमीनों को सख्ती के साथ खबरदार किया कि अगर जरा गर्दन उठाओगे और लड़के का खोज लगाओगे तो जिंदा चिनवा दूँगा, - और खबरदार बड़ी रानी के पास न जाना : पर्दा और एलनिया तौर पर जाइयो!

'वह बेदखल हो गईं। यहाँ तक कि रियासत के हम पुराने मुलाजमीनों की उन तक पहुँच भी बहुत कठिन हो गई। - और उन्होंने अपना चौकी-पहरा तायनात कर दिया, और कोठे के दरवाजों में जंगी कुलफ (दीवानजी गलत उच्चारण कर रहे हैं, शुद्ध है 'कुफुल'।) डाल दिया, और आने-जाने का रास्ता बंद करके उनको बेबस कर दिया। और वह उनकी बीवी

तो थी हीं, मजबूर हो गई।'

डिप्टी साहब - लाहौल विला कूव्वत! लाहौल विला...!!

दीवाजी - बड़े-बड़े जुल्म किए हैं, जनाब डिप्टी साहब, किब्ला!

एक शरीफजादा - जुल्म सा जुल्म है? लड़का जिला-वतन, बेगम साहब कैद, अहलकारों की पहुँच उन तक बंद!

मुख्तार - हुजूर, ऐसा परेशान किया था कि बस तोबा ही भली! मैं इस रियासत का छत्तीस बरस से नमक खा रहा हूँ। पुराना मुख्तार। मगर जितने दिनों तक इन्होंने राज किया, वल्लाह, फाके होने लगे!

दीवानजी ने फिर बात शुरू की और कहा, हम लोगों को, बंदानेवाज-मन, हर तरह से मजबूर हो कर, गुलामी करनी पड़ी। रोजगार कोई है नहीं। नौकरी कहीं दस-पाँच की भी नहीं मिलती। करें तो क्या करें? लाचार, सर झुका कर गुलामी करनी पड़ी। अपने भाई के कुल मुलाजमीनों को कहर की निगाह से देखता था, और कितनों को तो अलग ही कर दिया। बेकसूर। भाई के कुल दोस्तों के दुश्मन।

'लड़के की जुदाई से बेगम साहब बहुत कुढ़ती

थीं, मगर क्या करें! सरकार का बस ही क्या था! माँ की ममता मशहूर है। कभी-कभी किसी औरत की जबानी हम भी सुनते थे कि रोया करती हैं। बड़ा रंज होता था - कि अपने पाँव पर खुद कुल्हाड़ी मारी। फिर, बंदानेवाज-मन, खुद किए का क्या इलाज! हाँ, राजा साहब के मरने से बेगम साहब जी उठीं, और हमने साहबजादे साहब को भी खोज लगा के बुलाया। यह राज, यह ताल्लुका, यह कुल जायदाद इन्हीं की है, और हम इनके नौकर और मुलाजिम हैं।'

डिप्टी साहब - खुदा इनको मुबारक करे!

सिपाही और मशालची और मोहर्रिरों वगैरह ने 'आमीन!' की आवाज बुलंद की।

डिप्टी साहब - ऐसे जालिम का मरना ही बेहतर!

ये बातें हो ही रही थीं, कि डिप्टी साहब ने जो बेगम साहब के पहले शौहर के दोस्त और गहरे यार थे, कहा - मुन्नी महरी, जरी अपनी बेगम साहब से पूछो कि कुनबे में अब तो कोई भाई हमारे दोस्त का नहीं बचा है? एक नंबर और सही!

यह फिकरा सुनना था कि जनानखाने से बड़े कहकहे की आवाज आई। और गुलाबी लिबासवाली बेगम साहब ने औरतों से कहा कि - इनसे-उनसे

बड़ी गहरी छनती थी। यह बुड्ढा उनके वख्त में मुझे बहुत छेड़ता था। बड़ा हँसोड़ है! और उसके जवाब में यों बोलीं -

'डिप्टी साहब, अब तुम बुड्ढे हुए, ये बूढे गमजे छोड़ दो। समझे?'

डिप्टी साहब - बुड्ढे हुए? यह कैसे? अभी दो कम चालीस ही बरस का तो सिन है। बुड्ढे कहाँ से हो गए?

बेगम - ए, है! बड़े नन्हे!! अभी दो कम चालीस ही बरस का सिन है। और ये बाल कहाँ से सफेद किए? धूप में?

डिप्टी - बाल! इत्र बहुत लगाया था, सफेद हो गए!

बेगम - इत्र भी लगाते हैं आप। घर की टपकी और बासी साग! कभी धोई तिल्ली का तेल भी सर में डाला था?

डिप्टी - बजा! कन्टर के कन्टर लुंढा डाले!

बेगम - काला पानी पिया होगा! ए डिप्टी साहब, भला यह तो बताओ कि छोटे नवाब के गद्दी पर बैठने में झगड़ा तो न होगा?

डिप्टी - जी नहीं, झगड़ा काहे का? दो गाँव मेरे

नाम पर लिख दो। मैं अपने समझ लूँगा। आप इसी वक्त गद्दी पर बिठाइए। सायत नेक है, दिन भी अच्छा है। - ये आए कब? मैंने पहले नहीं पहचाना था। जब गौर से देखा तो समझ गया। बचपन में देखा था। अब, माशेअल्ला, सयाने हुए!

बेगम - परसों आए थे। कोई पहचाने कहाँ से! न वह रूप, न वह रंगत। न वह आब-ताब। और हो कहाँ से? यह आराम यहाँ का-सा कहाँ मिलता।

डिप्टी - इनका हाल और इनकी आप-बीती हम इनकी जबानी ही सुन लेंगे। तुम, भैया, इधर मसनद पर आके बैठो।

बेगम - हाँ हाँ, भैया, मसनद पर बैठो। डिप्टी साहब और मिर्जा साहब को भी बिठाओ। जरा हम तुमको बाप की गद्दी पर बैठे तो देखें।

यह कहते-कहते बेगम की आँखें आप ही आप डबडबा आईं।

***

बाब : 3

मियाँ जोश की मशहूर चढ़ाई पर एक बहुत ऊँचा टीला था। उस पर एक खस से छाया हुआ खुशनुमा बँगला बना हुआ था, और उसी से लगी हुई एक पक्की महलसरा थी, जिसका पत्थर का हम्माम दूर तक अपना जोड़ नहीं रखता था। बँगले से महलसरा को मजबूत-मजबूत तख्तों की छत से मिला दिया था। जब चाहा बँगले को मर्दाना कर दिया, जब चाहा जनाना मकान बन गया। इस बँगले की छत के एक कमरे में एक बूढा रईस अपनी बूढी बीवी के पास बैठा हुआ अकेले में बातें कर रहा था। सिर्फ एक महरी चँवरी लिए हुए पीछे खड़ी थी।

रईस - बेगम, हमने दारोगा को मय उस नालायक लौंडे के निकाल बाहर किया, और कुरान की कसम खाके कह दिया कि अगर इस मकान में क्या मानी - इस शहर में कदम रखा, जो जान ले लूँगा, जीता न छोड़ूँगा। मैं तो मार डालने की फिक्र में था, और तुम जानती ही हो, और एक तुम ही क्या, इस शहर में कौन नहीं जानता, कि मैंने जब

जिसको ताका, उसको मारा। बच ही नहीं सकता। और इस लौंडे सूअर के तो खून का प्यासा हूँ। दोनों को निकाल कर बाहर किया।

बेगम - अजी, यह सारा तुम्हारा ही कसूर है। चले थे मौलवी साहब से लड़की को पढ़वाने। मैं कहती ही थी। न माना, न माना। वह बूढा, अस्सी बरस का सही : चाहे सात बरस की। पंच भैयावालों की लड़कियाँ भी पड़ती हैं, मगर साथ करीने के। एक दिन बीच में दे के मेम आती है, पढ़ा जाती है।

रईस - अब इसके निकाह की फिक्र जरूर करो।

बेगम - तुम तो नवाब हारी-जीती एक नहीं मानते।

नवाब - क्यों मैंने क्या किया? तुम कोई अच्छे घर का लड़का बताओ। खूबसूरत हो, खान्दानी हो, पढ़ा लिखा हो, कोई बीमारी न हो।

बेगम - खूबसूरत हो या न हो। हमको इसका खयाल नहीं है। इंदर-सभा खड़ी करनी है? कथक या भाँड का लौंडा नहीं! हाँ, कोई ऐब न हो, काना न हो, लँगड़ा न हो, बस।

नवाब - तो फिर तजवीजो।

बेगम - ए वह घर क्या बुरा है... कश्मीरी दरवाजे के पास जो वसीकेदार रहते हैं। मैं एक दफा

खाकान मंजिल में गई थी, वहाँ उन वसीकेदार की घरवाली के साथ उनका लड़का आया था। हमारी नूरजहाँ के बराबर ही बराबर उम्र में होगा। लड़की की बाढ़ जरा ज्यादा होती है। यह तेज, वह भुग्गा। बस, खेलते-खेलते नूरजहाँ ने उसके बाल पकड़ लिए तो रोने लगा, और माँ ने लिपट कर कहा, अम्मीजान, देखो, यह लड़की हमें मारती है। सारे बाल पकड़ के नोच डाले। उसने कहा - अच्छा लड़ो नहीं। दूसरी दफा फिर खेलते-खेलते उसने जोर से एक चटाखा दिया तड़ से। बहुत रोया। फिर माँ से शिकायत की। उसने अबकी झल्ला के कहा - अरे, तो तू भी क्यों मार नहीं बैठता।

नवाब - उनके यहाँ से तो पहले एक दफा बात उठ चुकी है।

बेगम - हाँ, हाँ, जी। उनके-हाँ चकलेदारियाँ, रिसालदारियाँ, होती आई है। वसीका भी, सुनती हूँ, भारी है।

नवाब - उस लड़के के बाप का वसीका दो सौ तीस है, माँ का दो सौ सत्रह और किसी करीबी भाई बंद के मरने से अब सत्तावन और मिलने लगे है। पाँच, साढ़े पाँच सौ की आमदनी है। दो मकान है,

अपने खुश हैं।

बेगम - फिर क्या बुरा घर है!

नवाब - कुछ नहीं। हमसे उस लड़के के बाप ने साल भर हुआ खुद कहा था, यह हो जाय तो अच्छा।

बेगम - तुमने लड़की से फौरन नाहक कह दिया। अब तो मुद्दत्त से बाहर जाती नहीं। बरसें हो गईं। छै-सात बरस की उमर से नहीं जाती। और जब जाती थी, तो जनाने ही मकान के दरवाजे से। हमारे सामने ही तो पढ़ती थी।

नवाब - ए तोबा तो है - कि अभी तक बातों-बातों में बन्नन का जिक्र रकती है। भला ऐसे टकलचे को हम अपनी साहबजादी बेटी दे सकते हैं। ठौर न ठिकाना, उठाऊ चूल्हा।

बेगम - और नौकर लड़का। वह लाख शरीफ सही।

नवाब - बिरादरी में बदनामी, तमाम जमाने में बदनामी। खुद अपना दिल इस बात की कब गवाही देता!... महरी, चँवरी रख दो, और नीचे से केवड़े का शर्बत, बर्फ डालके, और थोड़ा पानी मिला कर, लाओ। दो गिलास लाना, एक हमारे और एक बेगम के लिए।

महरी चली गई, तो नवाब ने कहा, तुम्हारे गाल

हमको इस वक्त बहुत प्यारे मालूम होते हैं। एक... दो! वह मुस्करा कर बोलीं - ए हटो, ये ठंडी गर्मियाँ रहने दो! बड़े... लेनेवाले ! अरे, वाह रे बुढऊ!

नवाब ने उठके बोसा लिया तो बेगम बोली - अरे वाह बुढ़ौना! यह दम-दाइया! दूसरी दफा फिर जोर से बोसा ले कर गोद में बैठा लिया। और महरी आन पहुँची, और उन्होंने जल्दी से गोद से उतार दिया। ये दोनों शर्माए, और वह जवान औरत मुँह फेर के हँसने लगी। शरबत पिला कर गिलास रखने नीचे गई तो बहुत हँसती हुई। जब और औरतों ने जिदकरके पूछा, तो कहा - ये बूढे मियाँ तो छुपे रुस्तम निकले। ए, मैं जो शरबत लेके कोठे पर गई तो देखती क्या हूँ कि बेगम को गोदी में लिए...! यह बुड्ढा तो जवानों के भी कान काटता है। पहले तो किसी को यकीन न आया, कहा - 'चल, झूठी! दिन को ऊँट तो सूझता नहीं! उसने लाखों कसमें खाईं, तो मुगलानी ने कहा - जो यही हाल है, तो आज के नवें-दसवें महीने बड़ी बेगम की गोद में चाँद-सा बेटा खेलता होगा। बूढे मुँह मुँहासे, लोग देखें तमाशे!

***

बाब : 4

पीतल के एक खूबसूरत पिंजड़े में एक काला कोयला-सा जानवर भुजंगे की औलाद, जंगली कौवे का नामलेवा, कोयल का पानीदेवा, बंद है। और यह पिंजड़ा एक कमरे में खूँटी पर टँगा हुआ है और थोड़ी-थोड़ी देर के बाद जोर-जोर से आवाज लगा रहा है - 'पी कहाँ!' फिर दम ले कर 'पी कहाँ!' फिर जरा देर में - 'पी कहाँ!' इसके जवाब में एक जानवर, उसी रंग, उसी के बराबर वही आवाज लगा रहा है : 'पी कहाँ! पी कहाँ!' आवाज की गूँज इन दोनों की पुकारों की आवाज को दुहराती है। चार आवाजें तो 'पी कहाँ!' की ये आ रही हैं - तीन जमीन पर से और एक आसमान पर से, और इन आवाजों के साथ एक आवाज और शामिल हो गई थी - यह उसी पाकदिल, पाक-तबीअत, उदास-उदास से रहनेवाले नौजवान मर्द की थी जो रात को सतखंडे पर से जानवर को ले आया था : जुल्फ कमर तक बिखरी हुई, दीवानों की तरह इधर से उधर गश्त करने के वक्त पतली कमर हजारों ही बल खाती थी। इतने में

फैजन ने भी दिल्लगी में आवाज लगानी शुरू की - 'पी कहाँ! पी कहाँ!'

इस पर इस सुंदर सजीले लड़के ने एक ठंडी साँस भरी और फैजन की तरफ देख कर कहा - क्यों बहन, तुम अब हमको चिढ़ाने लगीं, खुल्लम-खुल्ला बनाने लगीं! इस वक्त तुम्हारे अब्बा यहाँ होते तो हमारा हाल देख कर कितना रोते, और तुम हमारे रोने पर हँसती हो। कोई तापे, किसी का घर जले! फैजन ने हाथ जोड़ कर गले से लगाया। चारों लड़कियों में फैजन सबसे ज्यादा गुस्ताख थी और मुँह-चढ़ी, - मगर तमीज के साथ। इसके बाप को इस लड़के से दिली मोहब्बत थी और बिलकुल वैसी ही मोहब्बत करता था जैसे कोई अपने लड़कों और बच्चों से मोहब्बत करता है। यह इसका कोका था।

फैजन - जरी, अलग आइए! (अलग ले जा कर मैं हाथ जोड़के अर्ज करती हूँ कि खुदा के लिए मुझे सब बता दो - जो-जो मैं पूछूँ। मुझसे कुछ छिपा हुआ तो है नहीं। मगर यह बताओ कि तुम्हारे दुश्मनों के... यह दीवाना-पन कैसा!

उस लड़के ने अपनी बाँहें फैजन के गले में डाल दीं। अगर कोई गैर मर्द देख लेता तो समझता कि

इन दोनों में आश्नाई जरूर है। वर्ना इस सिन की लड़की और उसके गले में इस बेतकल्लुफी से हाथ डाल कर लिपटे तो इसमें कुछ दाल में काला जरूर है। हालाँकि इस किस्म की कोई बात न थी। दोनों में एक को भी बदी का खयाल न था। खैर! - फैजन के गले में हाथ डाल कर उस लड़के ने रोना शुरू किया। फैजन ने प्यारी को इशारा किया कि पानी लाओ। वह फौरन पानी ले कर गई। रूमाल तर करके फैजन ने आँसू पोंछे।

लड़का - बहन, ले, अब पूछती हो तो सुनो और कान धन के सुनो। मेरी हालत बिलकुल ऐसी है, जैसे (पिंजरे की तरफ इशारा करके) - उसकी। यह भी बदसूरत, भोंडा, और हम भी अब इस गम और रंज के मारे बद-सूरत हो गए हैं। हाय, यह भी सियाह है, और यहाँ भी अब तमतमाहट है। यह भी 'पी कहाँ! पी कहाँ!' की आवाज लगता है, और मैं भी। यह भी किसी की तलाश में पागल है, और मैं भी हूँ। यह भी पिंजड़े की कैद में है, और मुझे भी गम ने जकड़ रखा है। इसमें ओर मुझमें बस इतना फर्क है कि यह वस्ल के लुत्फ उठाए हुए है, और यहाँ उसके भी भूखे हैं।

फैजन - मैं समझ गई। अच्छा, फिर अब इसका क्या? यह तो खैर जो कुछ हुआ वह हुआ! अब एक बात तो बहुत ही जरूरी है, वह बताओ। यह पपीहा कहाँ से आया? हम सबको हैरत है कि यह क्या बात है। किसी की कुछ समझ ही में नहीं आता। हमारी जान तक हाजिर है - तुम्हारे लिए जान तक हाजिर है। मगर खुदा के लिए बता दो कि यह बात क्या है।

लड़का - अरी बहन, मुझे खुद नहीं मालूम! तुम लोगों ने मुझे किस हालत में देखा। ढूँढती हुई आई थी ना, और यह जानवर मेरे हाथ में पाया - उस वक्त यह बोलता था या नहीं?

फैजन - क्या आप सब भूल गईं! अरे! (अपने गालों पर थप्पड़ लगा कर) क्या आप सब भूल गए?

लड़का - (मुस्करा कर) वाह, फैजन, वाह!

फैजन - सरकार माफ करें! मगर अब... खुदा के वास्ते, सोच करके, गौर करके, इत्ता बता दीजिए कि यह पपीहा कहाँ से आया!

लड़का - अम्मीजान की कसम, मुझे नहीं मालूम।

फैजन - प्यारी! ओ प्यारी! जरी दुलारी और सितारन को बुला लो। और तुम भी आओ।

प्यारी ने सितारन और दुलारी को बुलाया और उनके पास गई। फैजन ने कहा - तुम सबको बड़ी से बड़ी कसम, सच-सच बताओ, यह पपीहा कहाँ से आया। पिंजड़ा तो हमने मँगवाया, यह तो खूब याद है। मगर रात को यह जानवर कहाँ से आया। या मेरे अल्लाह, यह क्या बात है। ...सरकार, कुछ तो बताइए।

लड़का - हाय, मैं किससे अपने दिल का हाल कहूँ। मुझे जो सबसे ज्यादा प्यारा है, उसी के मरने की कसम खा लूँ कि मुझे कुछ भी याद नहीं है। अम्मी-जान और अब्बा से बढ़के तो कोई नहीं। उनकी कसम खा लूँ। और अगर अब भी यकीन न आए तो कहो - उसकी कसम खा लूँ।

फैजन - (मुस्करा कर) खूब समझी। कोई गँवारन मुकर्रर किया है! मुझे इस वक्त जरा हँसी आ गई। मगर डर लगा, कि कहीं आप खफा न हो जायँ। एक आँख से रोते हैं, एक आँख से कभी-कभी हँसते भी हैं।

लड़का - इसमें हम क्यों कर बुरा मान सकते हैं। हँसते भी है, रोते भी हैं। सभी कुछ करते हैं। अरी बहन, मर-मिटने की बात है!

इतने में इत्तफाक से एक सिक्ख आया। मालियों और मालिनों की गफलत से दर्राता हुआ चला आया। उसने जो इस लड़के और फैजन को देखा तो अश्-अश् करने लगा। ये सब तो उस अजनबी आदमी को देख कर नजर से ओझल हो गए, और वह दिल को मसोस-मसोसके रह गया, और वहीं खोया-खोया-सा खड़ा रह गया। इतने में एक आदमी ने आके कहा - सिंहजी, बाहर जाइए! बस, एकदम से बाहर जाइए। पराए मकान में, और जनाने मकान में घुस आना कोई दिल्लगी नहीं हैं।

सिक्ख ने कहा - हम बाग जान के आए। यह क्या मालूम था कि जनानखाना है। तुम्हारे देस की रसम यही है, जो अनजान आए उसको मार के हाँक दो।

उस सिपाही ने कहा - अच्छा, अब जो कुछ हुआ, वह हुआ। अब तो जाइए। आप तो डटे खड़े हैं।

सिक्ख चला गया। फैजन और प्यारी ने पहरे के सिपाही को बुलाके डाँटा कि हमारा मकान और बाग तमाशे की जगह नहीं हैं कि जिस ऐरे-गैर पचकल्यान का जी चाहे धँस आए। वाह, यह भी कोई बात है! तुम क्या ऊँघते थे? सिपाही वाकई

ऊँघता ही था। जब फैजन और प्यारी से यह बात सुनी तो फौरन उठके आया।

जब सिक्ख चला गया तो एकाएक ही फिर 'पी कहाँ!' की आवाज आई और वह लड़का फिर बदस्तूर 'पी कहाँ! पी कहाँ!' पुकारने लगा। दिल में तरह-तरह के खयालात। हर दस-पंद्रह मिनट में 'पी कहाँ! पी कहाँ!' की आवाज दिल से निकलती थी। थोड़ी-थोड़ी देर के बाद फैजन ने कसमें दे-दे कर खाना खिलवाया। दो-चार नेवाले नूरमहली पुलाव के खाए, दो शामी कबाब, आधा पराठा मुर्ग के कोरमे के साथ खाया और दस्तरखान से उठा। फैजन जिसको दस्तरखान पर साथ खाने का शरफ हासिल था, वह भी उठ खड़ी हुई।

लड़का - वाह-वा, ए तुम क्यों उठ खड़ी हुईं? हमको रोए जो न खाए!

फैजन - (एक तली अरबी खा कर) ले, कसम हमने उतार दी : अब न जिद कीजिएगा। भला मैं क्यों कर खाऊँ! यह कहीं हो सकता है! सरकार तो दो नेवाले खा कर दस्तरखान से उठ जाएँ और मैं जबरदस्ती खाना जारी रक्खूँ।

प्यारी - तुम साथ खाती हो, ना, इसी से भूखी

रहती हो। तुमसे तो हम लोग अच्छे कि अलग खाते हैं। बावर्चीखाने में बैठ गए, मनमाना खाना पेट भरके खाया : तुमसे तो, बी फैजन, हम लोग अच्छे!

फैजन - हाँ फिर यह तो है ही है -

हमसे अच्छे रहे सदके में उतरनेवाले!

लड़का - (दस्तरखान पर बैठ कर) अच्छा हम भी खाते हैं। एक कबाब ले लिया, मगर बेदिली से खाया, जैसे कोई जबरदस्ती मार-मार के खिलाता है! फैजन ने अदब का लिहाज करके खाना खाया, और भूखी भी थी। खाना खाने के बाद सितारन बेसनदानी और पानी ले कर आई। मुँह-हाथ धुला कर पानदान से गिलौरियाँ दीं। लड़के ने मसहरी पर आराम किया। दुलारी पाँव दबाने लगी। अगर कोई अजनबी नावाकिफ आदमी देखता तो जरूर दिल में कहता कि कितना खुशनसीब लड़का है कि चार-चार परीछम जवान-जवान लड़कियाँ खिदमत को हाजिर हैं। और किस तरह पर खिदमत करती हैं! बेधड़क, बेझिझक। यह कि - कोई तो चप्पी कर रही है, कोई गले में हाथ डाल देती है : मगर इन पाँचों में किसी को किसी तरह का ऐसा-वैसा खयाल दिल में था ही नहीं। सब पाकबाज, पाकनजर।

प्यारी - (लड़के से) आप तो एक जरी सो जायँ तो अच्छा होता। जरा आराम कर लीजिए।

लड़का - अरी मुई नींद ही आती तो रोना काहे का था। हाय, नींद ही तो नहीं आती! और आए क्यों कर! यह कह कर एक ठंडी साँस भरी और उसी गम और रंज की हालत में आहिस्ता-आहिस्ता यों गाने लगे -

जाय कहो कोउ श्यामसुंदर से!

तुमरे मिलन का जिया मोरा तरसे! जाय कहो कोउ श्यामसुंदर से!

निसि-दिन, बालम, तुम्हारे देखन को

नैनन से मोरे निरहन बरसे। जाय कहो कोउ...

कौन देस उन्हें ढूँढ़न जाऊँ

लाऊँ उनहैं कौन नगर से। जाय कहो कोउ...

उसके बाद फूट-फूटके रोना आया, और इस तरह रोया कि दुलारी और प्यारी और सितारन और फैजन सब मिलके ढाड़ें मार-मार के रोने लगीं।

प्यारी - हाय, किसी तरह आप जरी सो जातीं।

फैजन - (प्यारी के काम में आहिस्ता से) अरे, तुम क्या बक रही हो! पहले भी तुमने कहा था!

प्यारी - (चुपके से फैजन के कान में) जबान से

निकल जाता है। सरकार ने भी तो कहा था 'मुई नींद ही नहीं आती!' अच्छा अब इस बात ही को जाने दो : जो हुआ सो हुआ। अब खयाल रक्खूँगी। कोई कहाँ तक खयाल रखे।

इतने में फैजन को इस साहबजादे ने बुलाया और कहा - जरा हमारे पास इस मसहरी पर बैठ जाओ। जब वह बैठी तो कहा - लेट जाओ! जब वह हुक्म के मुताबिक लेटी, तो कान में कहा - फैजन अब उम्र भर हम इसी लिबास में, इसी ढंग से रहेंगे। बस, यह धज हमें बहुत पसंद है। वह बोली - यह तो सब सच है। मगर सितारन और दुलारी और प्यारी तक तो खैरियत है, वह जानती है : और जो कोई नई औरत आएगी, तो वह क्या समझेगी? आपके बराबर जवान आदमी के बच्चा पैदा हो सकता है या नहीं? उसका अगर निकाह हो जाय और बीवी आए, तो बच्चा पैदा हो सकता है या नहीं। मैं मियाँवाली हूँ कि नहीं, मेरी बराबरवालियों की गोद में दो-दो खेलते हैं कि नहीं। अच्छा फिर नई अजनबी औरत जो इस तरह से हमको तुमको एक पलँग पर सोते देखेगी, तो मियाँ-बीवी समझेगी कि नहीं। मैं तो कहीं की भी न रहूँगी। मगर फिर

यह भी सोचती हूँ, कि क्या किया जाय! हाय, हर तरह मजबूरी है। मैं हजूर के हुक्म से बाहर नहीं हूँ। लेकिन बदनामी को डरती हूँ। आप खुद गौर कर लें।

लड़का - अरी इन झूठी तोहमतों का न खयाल कर! दिल साफ रखना चाहिए। फैजन - मेरे पाकदिल होने का हाल आप पर और सारे शहर पर खुला हुआ है। सूबेदार के लड़के ने कितने पापड़ बेले। एक गाँव लिखे देता था। नोट देता था, मकान देता था, गहना बनाए देता था। पटरियाँ और कंगन की जोड़ी भेज ही दी थी। जान देता था। हर तरह मदद को तैयार था। घंटों हाथ जोड़ता था। बीस दफे से कम न टोपी सर से उतारके कदमों पर रखी होगी। मगर मैंने एक न मानी। हमेशा जूती की नोक पर मारा की। पटरियाँ और कंगन की जोड़ी, सोने की, फेर दीं। बहुत मुश्किल है। कहता था, मेरे मियाँ को हजार रुपया देके राजी कर लूँगा। मैंने कहा - जो हमके अमीर होके रहना किस्मत में है, तो अल्लाह बहुत कुछ दे निकलेगा! क्या सत्तर की बनके रही तो क्या! न आबरू, न इज्जत! जब तुम बिगड़ोगे तो यही ताने दोगे कि जब तूने एक कंगन की जोड़ी के पीछे एक मियाँ को छोड़ दिया तो मुझे छोड़ते क्या देर

लगेगी। कोई दो जोड़ियाँ कंगन की दे देगा, उसके पलँग पर चली जाएगी,। और जब बिगड़ते तो यही कहते कि - हमने आदमी बना दिया; वही टके की औरत हो! जब हम खाने की कोई अपने शौक से ऐसी -वैसी फरमाइश करते, तो कहते - वही दो कौड़ी की औकात है ना! एक दफा एक औरत को सिखा-पढ़ा के भेजा कि सूबेदार के लड़के ने बुलाया है और यह पैगाम भेजा है कि वह यहाँ तक आ जायँ, या मुझे कहीं बुलाए : सौ रुपए फकत इस बात के देता है कि..., बस, और कुछ नहीं। सुनते ही मैं जल उठी। मैंने कहा - उससे मिलके झुलस दूँगी, और कहो : जाके अपनी अम्मा-भैना को देखें, और आज से जो हमसे कभी ऐसी बात की तो जहाँ की हो, वहाँ पहुँचा दूँगी - कुटनी मुर्दार! बहू-बेटियों को खराब करनेवाली! बस कान दबाए चली ही तो गई। काटो तो बदन में लहू ही नहीं।

लड़का - हाँ, हम सब सुन चुके हैं।

फैजन - एक दिन मलाई में जहर मिलाके खाने जाता था; आदमियों ने रोक लिया, नहीं तो जान ही जाती।

लड़का - हाय, लगी भी क्या बुरी होती है।

तुमको मान लेना था। (मुस्करा कर) क्यों बेचारे को तरसाया!

फैजन - बहुत ठीक! जो ऐसा करती तो आज को तुम अपने पास खड़ा होने न देते, और अब बगल में लिए एक पलँग पर सो रहे हैं!

लड़ाका - उसको तुम्हारे साथ दिली मोहब्बत थी। सारा शहर जानता है।

फैजन - और एक बात तो सुनिए। हाय, सर पीटने को जी चाहता है। क्या कहूँ! जिस कमबख्त के मैं पाले पड़ी हूँ - जिस मूजी के घर बसी हूँ वह मेरे हाथ जोड़े कि अल्लाह के वास्ते तू उसका कहना मान ले, मज़े से चैन कर, गाँव की रानी बन कर रह, और मुझे भी अपने गाँव का सिपाही मुकर्रर कर ले। मैं नौकर-सिपाही-ग़ुलाम का ग़ुलाम बनके रहूँगा। सच कहती हूँ, जी चाहता था, मुँह पकड़के झुलस दूँ, बस, और कुछ न करूँ!

लड़का - तुमने हमसे अब तक न कहा।

फैजन - अपनी लाज थी।

इतने में प्यारी ने कहा-फैजन बहन, तुम्हारी फूफी-अम्मा आती हैं। फैजन ने कहा - वहीं बिठाओ, मैं आती हूँ। यह कहके फूफी के पास गई। इधर-

उधर की बातें करके कहा - हम आज मियाँ जोश की चढ़ाई गए थे। वहाँ पूछा, हमारी लड़की कहाँ है! वह मुटल्लो हरी बोली : फैजन तो उस दरोगावाले लौंडे के साथ निकल गई है। उसने चुपके से यहाँ का पता दिया। डोली करके आई। काले कोसों है। लड़की की शादी ठहर गई और जल्द निकाह होनेवाला है।

फैजन धक से रह गई। पूछा, निकाह किसके साथ होगा? कौन लड़का है? उसने कहा - कश्मीरी दरवाज़े के पास जो वसीक़ेदार रहते हैं, उनके लड़के के साथ। शक्ल-सूरत कुछ बुरी नही है, मगर लुर है, पढ़ने-लिखने से जी चुराता है। अब दिन-रात सुबह-शाम या जुआ खेलता है, या कनकौवा उड़ाता है, या कबूतरबाजी। मैं तो नौकर रह चुकी हूँ। नूरजहाँ के काबिल नहीं है।

उसने अपनी फूफी से जरूरी बातें करके उसको बिदा किया और वापिस आई तो इस साहबजादे ने उसको उदास पाया।

लड़का - तुम्हारी फूफी क्या कहती थीं? उनको मेरा हाल मालूम है कि मैं यहाँ हूँ।

फैजन - (आहिस्ता से) क्या जाने।

लड़का - क्या करने आई थी।

फैजन - क्या बताऊँ क्या करने आई थी। सोचती हूँ, कि बताऊँ या न बताऊँ। न बताऊँ तो भी दिल नही मानता, और बताऊँ तो क्यों कर कहा जाए!

लड़का - (रंग फक हो गया) अरे, वह तो जिंदा है!

फैजन - जी हाँ। उसकी कोई खबर नहीं है। एक और बात है।

लड़का - तो बताती क्यों नहीं हो? (आँखों में आँसू ला कर)।

फैजन - अच्छा, सब से सलाह कर लूँ। अभी हाजिर हुई।

फैजन ने जाके इन तीनों से छिपे तौर से कह दिया।

प्यारी - अरे! इनके दुश्मन जहर खा लेंगे।

दुलारी - कहना नहीं!

सितारन - अरे, वो चाहे कहो या न कहो!

चारों मिलके उस साहबजादे के पास गईं तो देखा कि बुरी तरह रो रहा है, और रोते-रोते हिचकी बँध गई है। यह मालूम होता है जैसे कोई अपने किसी सगे की लाश पर रोता है - किसी अपने बहुत ही प्यारे सगे की लाश पर।

सितारन - ए सरकार, यह क्यों?

प्यारी - मुँह धो डालिए।

फैजन - कोई ऐसी बात नहीं है कि आप इतना रंज मनाएँ।

प्यारी - चलिए, जरी चमन की हवा खाइए।

लड़का - अरी प्यारी, किसकी हवा और कहाँ का चमन! हाय, हमारा बचना अब मुहाल है। हम आड़ में खड़े सब सुन रहे थे। हाय, यह क्या हुआ! यह कह कर गश आ गया। गश आते ही पिंजरे में से आवाज आई - 'पी कहाँ!' यह आवाज और सब तो सुनते ही थे, मगर बेहोशी में उस जवान के कानों तक उसकी भनक नहीं पहुँची। वर्ना वह भी जवाब देता, और दो आवाजें जंगल में गूँजती होतीं : 'पी कहाँ!'

***

बाब : 5

'गोरी खोल दे पट घूँघट का!
मोरा मन तोरे लटकन में अटका। गोरी...
अरी एरी गुजरिया छम-बिछवा बाज रहे
बोलत पोर-पोर तोरे अनवट का। गोरी...
अरी एरी गुजरिया, टोना भरा तोरे नैनन में
नैना जादू भरा सैनन भटका। गोरी...
अरी एरी गुजरिया लटक-लटक झूम रही
तोरे पिया का दिल में मन अटका। गोरी...

एक बढ़िया और नफीस और खूबसूरत बजरे पर एक बहुत खूबसूरत लड़का एक बड़े लंबे चौड़े तालाब में अपने आप खेता चला जाता था। साफ चमकता हुआ पानी, मोती को शरमाता था, और सफाई इतनी थी कि पानी की तह में सरसों बराबर चीज भी साफ नजर आती थी। - और बड़ी दर्दभरी, हसरतभरी आवाज में, नीचे सुरों में, काफी की धुन में, यह ठुमरी जो हमने ऊपर लिखी है, गाता था। आवाज और रंग-रूप और बुशरे और चेहरे से उदासी बरसती थी। ठुमरी बहुत अच्छी तरह अदा करता था। नूर

का गला था। यों सब ठुमरी की ठुमरी सुनने से इंसान कह देता कि यह चीज उसी का हिस्सा है, मगर अंतरे के शुरू में जो बोल था - अरी एरी गुजरिया - यह तो जो सुनता 'अश्-अश्' करने लगता। इस खूबसूरती से उसको अदा करता था, कि वाह-वा! बस यही जी चाहता था कि गले को हजारों बार चूमे, और उसको अपने पास बिठा कर बस सुना ही करे। बड़ा रस आवाज में था। पहले तो आहिस्ता-आहिस्तार गाता था, मगर एक दफा तो इतना जोश में आता कि जोर-जोर से गाने लगा। जरा खयाल न रहा, कि कोई सुनता तो नहीं है।

धीरे-धीरे यह आवाज महलसरा तक पहुँची, और छत पर से महरी दौड़ कर नीचे आई, और बेगम से कहा - सरकार भैया आज तालाब में बड़े जोर-जोर से गा रहे हैं। बेगम कुछ खटकीं। छत पर गईं, तो लड़के की आवाज - बोलत पोर-पोर तोरे अनवट का, अरी एरी गुजरिया... अरी एरी गुजरिया - ये खुद गलेबाज थीं - सुना कीं। कहा - महरी, इसमें कोई भेद जरूर है। यह दर्द की आवाज बेवजह नहीं। कुछ दाल में काला जरूर है। जाके बुला तो लाओ। कहना, बड़ी रानी बुलाती हैं - फिर चले आना। जरी खड़े-खड़े

हो जाओ। बड़ा जरूरी काम है।

महरी डयोढ़ी पर गई। महलदार ने कहा - कहाँ! कहाँ! कहाँ चलीं बी चमक्को, बल खाती कूल्हा फड़काती हुई? उसने कहा, जाते हैं, भैया को बुलाने। महलदार बोला - वह तो जमीजम अभी तलाब की तरफ सिधारे हैं। वह तालाब के पास गई।

अब इन नौजवान ने दादरा और पीलू छेड़ दिया था :

दिल दे दे सँवलिया, यार, दरसन तो दिखा जा, प्यारे - दरसन तो दिखा जा!

झलक-झलक तो दिखा जा, प्यारे!

साँवली सूरत हिया माँ समा जा रे, दरस तो दिखा जा प्यारे!

जब जरा खामोश हुआ तो महरी ने कहा - सरकार, बेगम साहब बड़ी रानी बुलाती हैं...

सुनते ही धक से रह गया। बड़े जोश में गा रहा था। जाने किसके बिरह में दीवाना हो रहा था - या यों ही दिल बहलाने के लिए। महरी ने टोका, तो हक्का-बक्का हो गया, और अब गोया होश में आया, कि मैं जोर-जोर से गा रहा था। माँ के पास से जो तलबी आई तो फौरन गया। डयोढ़ी पर पहुँचने के

पहले ही महरी ने कहा - होशियार! और जितने मुलाजिम वहाँ बैठे थे, सब उठ खड़े हुए, और साहबजादे अंदर गए।

बेगम - बेटा तुम कहाँ थे?

साहबजादा - कहीं नहीं, अम्मी जान।

बेगम - रस्ते में गए थे?

साहबजादा - जी हाँ, तालाब में सैर कर रहा था।

बेगम - क्या तुम्हारी - जान से दूर! तबीअत कुछ बैचैन है? जी कैसा है?

साहबजादा - अच्छा हूँ सरकार!

महरी - देखिए पिंडा तो पीका नहीं है! अल्लाह न करे!

बेगम - (माथे पर हाथ रख कर) नहीं, अल्लाह न करे! - जाओ, सैर करो।

साहबजादा - आपने यह कैसे खयाल कर लिया कि मैं बेचैन हूँ! कोई बात नहीं है।

बेगम - देर से तुमको देखा नहीं था। जाओ, सैर करो।

साहबजादे साहब अबकी सैर को नहीं गए। पहले शेर के कटघरे के पास गए। दो सिपाही और एक आदमी जो जानवरों को खिलाता था, और जिससे

जानवर हिले हुए थे, सलाम करके हाजिर हुए।

साहबजादा - यह शेर कितने रोज से है यहाँ?

आदमी - सरकार, बच्चेपन से हैं। राजासाहब ने एक शेरनी खेरीगढ़ के जंगल में मारी थी, उसी का बच्चा है।

साहबजादा - तुमसे बहुत हिला हुआ है।

आदमी ने कटघरे में हाथ डालके पुकारा - बच्चे! और शेर खुश होके उठा और हाथ को चाटने लगा। जब उसने हाथ निकाल लिया और छिप रहा, तो शेर कटघरे के इधर-उधर ढूँढ़ने लगा। और आदमी फिर उभरा तो शेर ने दौड़ कर उसकी जानिब कटघरे पर सर रख दिया। उसके बाद अरना भैंसे को जाके देखा। इतने में एक मुलाजिम ने किसी का कार्ड लाके दिया। हुक्म हुआ - बुलाओ! एक नौजवान हिंदू (ख), उम्र में तीन चाल साल बड़ा, सफेद कपड़े पहने हुए आया। दूर ही से दोनों हँसे, और बड़े तपाक से मिले।

ख - कहो दोस्त, चैन-चान!

साहबजादा - जिंदा हैं, मगर क्या जिंदा हैं। (एक सर्द आह भर कर) यह हमारा हाल है।

ख - खैर तो? मैं समझा नहीं।

साहबजादा - कहिए तो मुश्किल, न कहिए तो मुश्किल।

ख - कुछ तो कहो, यार!

साहबजादा - भाई अब तो जिंदगी तलख है।

ख - कुछ पागल हुए हो क्या? अरे जालिम, अब काहे का रोना है? अब तो खुदा का दिया सब कुछ है।

साहबजादा - कुछ भी हमारा नहीं है।

ख - कुछ भी हमारा नहीं है! इसके क्या मानी? जो होना चाहिए, उससे बढ़ कर है। धन, दौलत, रुपया, अशरफी, नोट, जवाहरात, इलाका, गाँव-गिराँव, राज, आदमी, नौकर-चाकर, मुगलानियाँ, महरियाँ, खवासें, हबशिनें, महलदार, हाथी, घोड़े, फीलखाना, अस्तबल, रमना, शेर, रीछ, अरना, भैंसा, इमलाक - कोठियाँ। अब और क्या होना चाहिए?

साहबजादा - (ठंडी साँस भर कर) हाँ!

ख - वल्लाह, मैं जानता तो न आता। दो घड़ी दिल बहलाने आए थे।

साहबजादा - हमारे दिल का हाल तो तुम जानते ही हो।

ख - अरे तो हम तो पता लगा लेंगे।

साहबजादा - अरे यार पता क्या खाक लगाओगे! हमारी, वालिदा ने दूसरी जगह शादी ठहराई है।

ख - अरे! अब तो मामला मुश्किल हो गया।

साहबजादा - (एकाएक बहुत उदास हो कर) फिर अब?

ख - जी छोटा मत करो!

साहबजादा - अब कौन सूरत निकल सती है सिवाय चुपचाप कुढ़ने और रोने के -या कहो, भाग जाऊँ... कुछ ले-दे के भाग जाऊँ?

ख - अपनी माँ तक किसी तरह यह बात पहुँचाओ। किसी को अपना राजदान कर लो। अब समय खोना ठीक नहीं है। तड़-तड़ जो कुछ हो, वह, बस। भई हम तो खुश-खुश आए थे कि आज फर्माइश करके उम्दा-उम्दा खाने पकवाएँगे। हमारे दोस्त ताल्लुकदार निकले, हम राजा के हाँ जाते हैं। यह क्या मालूम था, कि यह बिजोग पड़ जाएगा!

साहबजादा - अरे यार खाना और तमाम दुनिया के ऐश-आराम तुम्हारे दम के लिए हैं। मगर दिल काबू में नहीं। चैन नहीं पड़ता। देखिए मैं अभी खाना पकवाता हूँ। घर आखिर पकता ही है, बाहर भी दो-चार फरमाइशी चीजें पक जाएँगी।

ख - नहीं भाई साहब, बखेड़ा न कीजिए। जो घर से पकके आएगा, वही क्या बुरा होगा! बस, वही बहुत।

साहबजादा - वाहवा, क्या अब हम खाना खाना छोड़ देंगे। हमारी तो बड़ी कोशिश यह है कि जिस तरह हो गम गलत करें, मगर नामुमकिन है।

ख - हमें इस वक्त बड़ा अफसोस हुआ, वल्लाह।

साहबजादा - बावर्ची को बुलाओ, जी। घर में दर्याफ्त करो, इस वक्त क्या पक रहा है। और अरबी का सालन कीमे में मेथी, और खुश्क पराठे, मूली की चपातियाँ, और मीठे टुकड़े, और माश की दाल।

ख - बस काफी है यार।

साहबजादा - अच्छा, तुम? बाहर?

ख - हम बताएँ, हम बताएँ... जो हम बताएँ - वो पकवाओ। अंदर तो बहुत चीजें पकती हैं। मगर कबाब नहीं हैं। गर्मागर्म नहीं गर्मागर्म सीख कबाब, और अंडे भरे कबाब, बस। पुलाव हमें पसंद नहीं।

साहबजादा - अरे वाह रे गँवार!

ख - हमको शराब के साथ कबाब और पूरी पसंद है।

साहबजादा - कुछ पूरियाँ भी तल लेना जी।

ख - ले अब हमारा शगल मँगवाओ और तखलिए में चलो। साहबजादे साहब इनको एक कमरे में ले गए। दरवाजे खोले तो अजब गहार का लुत्फ दिखाई देता था - ओर हरी-हरी दूब का पूरा जीवन यहाँ से लूटते थे। ये शराब नहीं पीते थे, मगर उनके हिंदू दोस्त बड़े पियक्कड़। अकेले में बातें होने लगीं।

ख - हमारी तो यही राय है, कि वालदा से साफ-साफ कह दीजिए।

साहबजादा - अरे भाई, हमारी वालदा चाहती हैं कि हमारे एक चचा की लड़की से हमारा रिश्ता हो। हम घर ही में शादी करेंगे। मैंने जो दो एक औरतों से साफ-साफ कह दिया कि हम अभी निकाह न करेंगे, और निकाह करेंगे तो अपनी पसंद से, बस, गजब हो गया। बहुत रोईं। मुझे बुलाके बहुत समझाया कि बेटा मैं दुखी हूँ। मुझ पर दुख पर दुख पड़े हैं। अब जो अल्लाह ने सुख दिया - तुमको लाखों बरस की उम्र अल्लाह दे - तो तुम यों जलाते हो। ऐसी अच्छी लड़की है, गोरी-चिट्टी, सोलह बरस की उम्र, सलीकेदार। ऐसी कहीं मिल सकती है? और अपनी लड़की जानी-बूझी, घर की लड़की। अब हम उनसे अपने दिल का हाल क्या कहें कि हमारी तो

किसी और पर जान जाती है, दूसरी कब पसंद आएगी। उसके सिवा, जो औरत हमारी बगल में बैठेगी, काली मालूम होगी। दूसरे-दिन उन्होंने लड़की को बुलवाया। लड़की है, अब सयानी हुई, यों तो हमारा निकाह उससे होना ही चाहिए। बराबर, पीढ़ी दर पीढ़ी, घर ही में शादियाँ हुआ कीं, अपने-अपने घर रस्म है। हमारे खान्दान में गैर जगह की लड़की लाना ऐब समझा जाता है। और कयामत का सामना यह है कि अगर गैर जगह शादी करे तो सिर्फ बुरी बात ही नहीं, बल्कि बुरा शगुन समझा जाय। खान्दान में किसी ने गैर जगह शादी की थी। एक ही अठवारे में मियाँ-बीबी दोनों चल बसे। तब से गैर जगह शादी करने की रस्म ही छोड़ दी गई। लड़की दिखाने के बाद हमारी वालदा ने एक औरत को जो लड़कपन में हमारे साथ खेली हुई थी, कहला के भेजा कि हमारा दिल टटोले। उसने बातों बातों में कहा, सरकार अपनी बहन को देखा? आपकी और इनकी कितनी अच्छी जोड़ी है। अल्लाह ने अपने हाथ से बनाई है - उम्रें दोनों की अच्छी, दोनों खूबसूरत दोनों पढ़े-लिखे - हमारी तरह जाहिल मूरख नहीं, दोनों के मिजाज में सादगी। हाय हम तो हुजूर

को ढूँढ़ते ही थे कि बीबी (मतलब उस लड़की) की बदनसीबी से यह सब गड़बड़ हुआ। अब अल्ला-अल्ला करके यह दिन देखने में आया... तो बेगम साहब से लड़ लड़के भारी जोड़ा लूँगी। वह यह बातें कर रही थी और मैं ठंडी साँसें भर रहा था। जी चाहता था कि यह यहाँ से उठ जाय, तो अच्छा। वह सिखाई-पढ़ाई तो आई ही थी, हमारी परेशानी और ठंडी साँसें भरते और चितवनों और तेवर से ताड़ गई कि बहन से रिश्ता करना इनकी मरजी के खिलाफ है। मैंने भी जल-भुन के कह दिया - अरी, कुछ दिवानी हुई है! मैं शादी ही नहीं करूँगा, तू है किस फेर में? बस इतना सुनना था कि वह बहुत समझाने लगी और मैं उठ के चला गया। बस, अम्मा से जा के जड़ दिया। घर भर में सबको अफसोस। उस लड़की से नहीं कहा, कि अपने दिल में बुरा मानेगी, कि मैं कोई सड़ी मछली हूँ कि फेंक देते है? वालदा ने कई दिन तक समझाया। घर जहन्नुम का नमूना हो गया। वालदा बहुत रोया कीं, और उनके रोने से मेरा दिल भर आता था। मकान फाड़े खाता था।

ख - बड़ी मुश्किल आन पड़ी है।

साहबजादा - कैसी कुछ! मुश्किल सी मुश्किल है!

हा!

इतने में एक नौकर ने बाहर से अर्ज की - हुजूर बड़ी सरकार ने याद किया है। महरी आई है।

साहबजादे ने दस मिनट की इजाजत अपने दोस्त से ली और उन्होंने इसी खवास से कहा - जरा बाहर के बावर्जीखाने से कोई नमकीन चीज, जो बची बचाई हो, ले आओ! यह 'बहुत खूब!' कह कर गया और सुबह की बची हुई तली अरवियाँ और दो शामी कबाब और प्लेट में थोड़ा-सा मुतंजन और भेजा। मुतंजन तो उन्होंने फेर दिया, और बाकी सब चीजें रख लीं, और शगल किया किए। सामने तालाब लहरें ले रहा था। लहरों की झिलमिल रवानी, और किनारे का दमकता हुआ सब्जा, हरी-हरी दूब। एक तरफ हाथी झूम रहे, एक तरफ शेर और अरना भैंसा रीछ। कई क्यारियों में ताजे फूल महकते हुए, दरख्तों पर जानवर चहकते हुए। थोड़ी देर में साहबजादे आए, आँसू पोंछते हुए।

ख - वही बखेड़ा होगा, और हो ही क्या सकता है!

साहबजादा - जी हाँ! जिंदगी तलख है।

ख - जिनको खुदा ने धन-दौलत दी है, उनको

आराम नहीं।

साहबजादे - भाई, एक काम करो। तुम जाके पता तो लगाओ कि क्या मामला हो रहा है, और हमारी माशूका कहाँ है आखिर! उन सबको हमारा हाल क्या मालूम, मगर तुमको तो मालूम है।

ख - मैं तो खुद सोच रहा था। कल ही रवाना हूँगा।

दर तक बातें हुआ कीं, और आपस में खूब सलाह-मशविरा हुआ। खाना खाने के बाद दोनों ने आराम किया। और सुबह को चुपड़ी रोटियाँ और सादा कोरमा और मछली के कबाब बावर्ची ने नाश्ते के लिए साथ कर दिए, और इस जंटिलमैन ने अपने दोस्त के साथ दूधिया चाय पी। इधर रानी साहब ने लड़के को बुला कर फिर समझाया - बुझाया - कि बेटा जो काम करो, समझ के करो, जल्दबाजी न करो। और निकाह के बारे में मुझ दुखिया को और ज्यादा दुख न दो। अरे मैं तुम्हारे ही भले के लिए कहती हूँ।

***

बाब : 6

एक साफ-सुथरी, नफीस-सी जगह पर - जिसके हर पेड़-पालो, फल-फूल जड़ी-बूटी, घास-पत्ती, हवा-पानी, जमीन-आसमान, आस-पास की हर चीज से गोया जंगल में मंगल का सा लुत्फ पैदा होता था - एक छत के बँगले में, जो सादगी मगर करीने और सलीके और तमीज और सफाई के साथ सजा हुआ था, पाँच कमसिन-कमसिन लड़कियाँ, अलग-अलग सज-धज और बनाव-चुनाव के साथ फर्श पर बैठी थीं। शाम का वक्त, सूरज डूब चुका था। तारे यों ही झिलमिलाते आसमान पर कहीं कहीं नजर आते थे। सूरज की लाल किरनों से एक तरफ आसमान पर गुले-लाला खिला हुआ था - बादल के लक्के, कोई सफेद, कोई आबी, कोई नीलगूँ, जरा-जरा से, मगर एक दूसरे से मिले हुए फैले थे, जैसे रंग-बिरंग की धुनकी हुई रुई। हवा जन्नाटे से चल रही थी। पीपल और बरगद के पत्ते बहुत ही जोर से खड़खड़ाते थे और ये पाँचों कमसिन लड़कियाँ बँगले में बैठी थीं, मगर सबके दल गोया बुझे-बुझे से। एक ने कहा -

बहन - आज रात को खाना-वाना खाके, चाह-वाह पी के कहानियाँ हों। दूसरी ने हामी भरी। तीसरी बोली - तुम लोग सुहानियाँ कह लो, हम इतनी पहेलियाँ बुझवाएँगे। मगर इनकी बात काट कर, और ठंडी आह भर, इन सबकी तरफ घूम कर उसने बहुत दुखी हुई आवाज में कहा - अरे, यहाँ न पहेलियाँ आती है, न कहानी सुनने को जी चाहता है। हमारी कहानी से बढ़ कर और किसकी कहानी होगी। यह कह कर आँसू आ गए, और इन चारों ने समझाना शुरू किया:

1 - हजूर, ढारस रखिए।

2 - हाँ, और क्या। जहाँ तक हो सके इस ख्याल को दिल से दूर कीजिए।

जवाब - हाय, क्या हँसी-ठट्ठा समझी हुई हो!

2 - सरकार, हमारा दिल तो कुढ़ता है। वह दिन अल्लाह जल्द दिखाए कि आपका अरमान निकले।

जवाब - अब निकल चुका।

3 - यह न कहिए! अल्लाह के बड़े-बड़े हाथ हैं!

जवाब - यह सच, मगर उम्मीद नहीं होती।

4 - आपका यह ख्याल गलत है। मर्द उठ बैठते हैं। साँप के काटे हुए को दफनाने ले गए, और वह

जनाजे से कुलबुला के उठा, और अब तक जिंदा जीता-जागता है।

2 - फिर इन बातों के मुकाबले कौन बात है!

3 - हमारा दिल गवाही देता है, कि डेढ़ महीने के बाद ये सब मुसीबतें दूर हो जायँगी। हमसे एक पंडित ने कहा था। वह बड़ी सच्ची-सच्ची बातें बताता है। जो कहता है वही होता है।

कौन पंडित? - कौन? क्या नाम है?

3 - मुझे इन हिंदुओं का नाम नहीं याद रहता। एक तेजकरन मारवाड़ी को तो जानती हूँ, मुआ ठग!

उसने कहा - ये बातें तो हुआ ही करने की, मगर ऐसा न हो कि तुम लोग सब हाल अम्माजान से कह दो, जो गजब भी हो जाय। मेरी भी जान जाय। - क्योंकि अगर कोई बात मेरे खिलाफ हुई, तो मैं जरूर अपनी जान दे दूँगी! - वह और भी ज्यादा कुढ़ेंगी।

इस पर सबने कहा - जी नहीं। ऐसा क्या कोई नादान समझा है!

यह बातचीत उस वक्त की है जब एक परी-सा खूबसूरत लड़का, तीन कमसिन लड़कियों के साथ बाग में टहल रहा था, और एक लड़की बाग के

फाटक पर इसलिए बिठाई गई थी कि जब कोई जनानी नजर आए तो फौरन इत्तला दे। और वह गोरा लड़का 'पी कहाँ!' कह कर के, झूम के मस्तानावार क्यारियों के बराबर-बराबर चहलकदमी कर रहा था। - कि एकाएक उस पहरेवाली लड़की ने आके कहा - हजूर, सवारियाँ आ गईं। और वह लड़का झपट के एक कमरे में हो रहा। और वहाँ मर्दाना लिबास बदल कर जनाने कपड़े पहने - मलमल का कपासी रँग हुआ दोपट्टा, मलमल ही की गुलाबी कुर्ती और बसंती पायजामा। जेवर एक भी नहीं। और उन चारों को ले कर उस काँचवाले बँगले में बैठी। - 'बैठी' हमने इसलिए लिखा कि उस लड़के ने अब लड़की का भेस बदल लिया था।

थोड़ी ही देर में एक बूढी औरत कोठे पर आई - साथ-साथ दो खवासें, एक बगदाद की हबशिन, दो महरियाँ, और एक जवान औरत, कोई बीस बाईस बरस का सिन, कड़े -छड़े पहने हुए आई। बूढी औरत बेगम थी, और वह बीस साल की जवान भांजी। इन सबको देख कर वह लड़की, जो उन पाँचो लड़कियों में थी (जिनका हमने जिक्र किया है, और जो लड़के के भेस में 'पी कहाँ! पी कहाँ! 'कहती थी), वहीं बैठी

रही। वह चारों उठ खड़ी हुई और अदब के साथ झुक-झुक कर सलाम किया। जवान औरत ने, जिसका नाम नजीर बेगम था, उस लड़की के पास बैठ कर कहा - बहन कैसी हो? उसने डबडबाई आँखों से जवाब दिया - अच्छे हैं! बेगम भी बैठीं। पूछा - बेटा, कैसी हो? हम तुम्हें देखने आए, और तुम हमसे बोलो न चालो, यह क्या बात है!

लड़की - जो कहिए, वह कहूँ!

बेगम - मिजाज तो अच्छा हैं?

लड़की - शुक्र है।

बेगम - अरे, तो इधर देख के बातें करो। अरे! तुम तो रो रही हो। क्यों हलकान होती हो? तुमने तो हमारी जिंदगी तलख कर दी। हमको कहीं का न रक्खा।

नजीर - मिटिया-मेल कर दिया। अरी बहन तुझे यह क्या हो गया?

बेगम - बहन से तो बोलो, बेटा!

नजीर - ए जान का प्यार तुमको आया था, कभी याद भी करती थीं?

बेगम - वह 'पी कहाँ!' की आवाज कौन लगा रहा था? इनसान की-सी आवाज मालूम होती थी!

इतने में इत्तफाक से दरख्त पर से एक जानवर की आवाज आई - 'पी कहाँ! पी कहाँ!' अब बात बन गई। और उन चारों ने बिगड़ी बात यों बनाई -

1 - ए हजूर, इस बाग में पपीहा बोल रहा होगा। और देखिए, अब भी बोला!

2 - हाँ, थोड़ी देर हुई, जब भी बोला था।

3 - वही आवाज सुनी होगी।

4 - रात को बहुत बोलता है।

बेगम - मुझे कोई दीवानी पगली समझी हुई हो क्या। खासी साफ लड़की या लड़के की सी आवाज थी।

नजीर - अरे यह उस पिंजड़े में कौन जानवर है?

खवास - अरे हजूर पपीहा है!

महरी - 'पी कहाँ!' यही बोलता है!

बेगम - यह तो हमने किसी को पालते हुए नहीं सुना। फिर कौआ भी पालो, चील भी पालो, भुजंग भी पालो। यह शौक किसको हुआ?

नजीर - तुमने नहीं पाला है! अरे बोलो!

लड़की - नहीं।

नजीर - ए तुम लोग जो यहाँ रहती हो, तुम बताओ। यह किसने पाला है? इसमें हर्जा क्या है,

अपना-अपना शौक है।

बेगम - अच्छा तुम इनसे बातें करो, नजीर, हम आते हैं।

यह कह कर बूढी बेगम साहब दूसरे कमरे में गई, और उन चारों लड़कियों में से एक लड़की को इशारे से साथ लेती गई, जिसके नाम का पहला हरफ 'फ' है।

बेगम - क्या हाल है? हमें तो कोई फर्क नहीं मालूम होता!

फ - बस, 'पी कहाँ! पी कहाँ!' की हाँक लगाया करती हैं, और रोया करती हैं। आप लोगों में से किसी को याद नहीं किया। कुछ बहस ही किसी से नहीं। दीन-दुनिया से कोई मतलब नहीं। बस, रोना और 'पी कहाँ! पी कहाँ!'

बेगम - यह पपीहा कहाँ से आया?

फ - ए, हजूर, यह तो न जाने कहाँ से आ गया! सबेरे हमने उनके हाथ में देखा, रात को हमने उनकी आवाज सुनी - 'पी कहाँ!' हम समझीं पपीहे को चिढ़ाती हैं। तत्तो-तंबो करके सुलाया। सबेरे मुँह-अँधेरे आँख खुलती है तो पलँगड़ी सूनी, मसहरी खाली। सब जाग उठे। इधर ढूँढ़ा। उधर ढूँढा, कहीं नहीं। हाथों के

तोते उड़ गए। देखते हैं तो नीचे एक बेंच पर आप लेटी हुई हैं, और यह पपीहा हाथ में है।

बेगम - हाँय! यह! आया कहाँ से मुआ?

फ - क्या बताएँ!

बेगम - बड़े ताज्जुब की बात है।

फ - अचंभे से अचंभा है!

बेगम - कोई साया तो इस पर नहीं है?

फ - कुछ तो जरूर है।

बेगम - जरा नरगिस खवास को तो बुलाओ, और नजीर को भी बुलाओ। नजीर बेगम छम-छम करती हुई आईं। नरगिस खवास भी साथ थीं।

बेगम - और भी कुछ सुना? मैं जानती हूँ यह साया किसका पड़ा है। सुनो ना! यह क्या हो रहा है! अल्लाह!

नजीर - क्या कहीं डर गई थीं!

बेगम - सुनो तो! डरीं-वरीं कुछ नहीं थीं। ('फ' से) कहो जी! उसने पपीहे के पाने का कुल हाल कहा, तो नजीर बेगम दंग हो गईं। कहा - यह क्या बात है? रात को पलँग से यहाँ अकेली कहाँ आई। घर में तो चौकीदार के बोलने पर हमसे लिपट जाती थी, अँधेरे में जाते हुए डर मालूम होता था। और

यहाँ उस बीहड़ बीराने जंगल में छत से अकेले नीचे उतरना - यह क्या बात है! एँ! यह तो कुछ और बात है!

खवास - हजूर जरूर कुछ है। चाहे कोई कुछ कहे मैं न मानूँगी।

फ - पारसाल, शबे-कतल की रात के कोई चौथे-पाँचवें रोज जरा यों ही-सी निखरी थीं और पीला दुशाला ओढ़े हुए हमको साथ ले कर तिमंजिले गईं। इत्र की लपट दूर तक जाती थीं। वहाँ जाके पीपल का एक पत्ता तोड़ा। मैंने कहा, यह क्या करती हो! ए, बस, मेरा इतना कहना था कि टहनी तोड़ ली। नाजुक फुनगी सब चली आई। कहा - अरे ओ भूत-परेत-आसेब-चुड़ैल - (थू थू!!) - तू जो कोई हो, आ! और मैं गुस्से हुई। मगर न माना। बस जैसे ही नीचे आने लगीं, एकाएकी नाक के पास दर्द होने लगा। मेरे तो हाथों के तोते उड़ गए। आप पार गई थीं। मैंने पड़ोस से उनको बुलवाया - वही आमिल - मियाँ जोश की चढ़ाई के मशहूर आमिल! उन्होंने धूनी बताई। उससे जाके दर्द कम हुआ।

खवास - तुमने मुझसे कहा था।

बेगम - अब रखवाली रखनी चाहिए।

खवास - ए हजूर सौ काम छोड़ के।

नजीर - भला कुछ बताती-वताती हैं कि पपीहा कहाँ से आया?

फ - उनको जरी भी कुछ नहीं याद है।

नजीर - अच्छा, फिर जो वजह है, वह तो जाहिर है।

फ - जरी मालियों से पूछो, मजीदन (खवास) और सितारन को बुलाओ। सितारन और दो माली आए। दोनों बूढे।

मजीदन - हजूर, जरी आड़ में हो जाइए। माली हाजिर होते हैं, बूढे हैं।

बेगम - आने दो। यहाँ जान पर बनी है। किसका पर्दा और किसका जर्दा। तुम जरी आड़ में हो जाओ बेटा।

नजीर - आने दो, अम्मीजान, मुए, बूढे, गँवार। और रात तो हैइ है। मालियों ने दूर से झुक के सलाम किया।

बेगम - अरे मालियों, तुम जानते हो कुछ कि यह पपीहा जो पला है, कहाँ से आया!

एक - हजूर, इनको मालूम है।

दूसरा - सरकार, यह जो सतखंडा है, इसके

दरवज्जे के पास गुलाम की बहू सोती है। उसने हमसे सबेरे कहा - बाबा, रात को एक लड़का आया, कोठे पर चढ़ गया, और वहाँ से फिर उतरा। और वहाँ, वह जौन बेंच पड़ी है, वहाँ बोली बोलने लगा।

बेगम - अपनी बहू को बुलाओ।

बहू आई। उसने अपनी बात को दुहराया, और कहा - मैं मर्द समझ के नहीं मिनकी - कि कोई मुझको इस लड़के से लगाए नहीं, जवान औरत। बस, सतखंडे पर चढ़ गया। तब मुझे डर लगा। और भाग के बाप की खटिया के पास आई। मारे डर के मुँह से बात-बोल नहीं निकलता था। वैसे ही पेड़ से जानवर के चिल्लाने की आवाज आई, और थोड़ी देर में वह आदमी उतर आया। मैं जाके दूसरी खटिया पर सो रही। तड़के सुना कि पिंजड़ा ढूँढ़ा जाता है। मैं जानती हूँ वह लड़का इस जनावर को छोड़ गया और किसी ने पकड़ के उनको दे दिया। मुदा, चाल से, हमारी जान में, वह लड़का बिलकुल सरकार थे।

बेगम - सरकार कौन? अरी कौन सरकार?

माली - हजूर, हमारे मालिक। हजूर के साहबजादे।

बेगम - क्या? यह क्या बकता है। बेवकूफ।

फ - अच्छा, तुम लोग जाओ।

वह चले गए।

बेगम - नजीर, यह तो नई बात सुनी। (ठंडी साँस भर के) मगर यह तो लड़का बताती है।

फ - सच कहती है। मैंने एक दिन हँसी-हँसी में मर्दाने कपड़े पहनाए थे, और मर्दाने कपड़े तौशकखाने से ले आई थी। आज ही तो उतारे हैं।

मजीदन - जब तो कोई आसेब जरूर है। और सबेरे उन लोगों ने इनकी बेंच पर देखा भी। और वह कहती भी है कि सरकार की-सी चाल थी।

बेगम - अब क्या होगा! हम तो एक ही मुसीबत को रोते थे, हाय, अब दूसरी मुसीबत पड़ी।

नजीर - (रोनी सी आवाज में) शहर ले चलो।

फ - खुदा ही ने कहा है - वह तो होना ही है।

मजीदन - (नजीर से) आप जरी जाके अपनी तौर पर पूछिए तो शायद कुछ याद आ जायगा।

फ - कुछ नहीं याद है। घर-घर के पूछ चुके हैं। पूछिए! वह कहती हैं, हम जानते ही नहीं।

बेगम - शहर किसी को भेजो कि जाके नवाब दूल्हा को बुला लाए। माली को बुलाओ।

मजीदन - अरे ये मौत-खपट्ट क्या जल्दी

जाएँगे!

बेगम साहब ने कहा - हम मालियों से पूछेंगे कि यहाँ तेज सवारी कौन मिलती है, जो सबसे जल्द जाय।

माली हाजिर हुए। उनसे पूछा गया। उन्होंने कहा - यहाँ से काली भैरो के टप्पे पर एक बनिया रहता है। उसके पास एक टट्टू है, हवा। उसको भेज दीजिए।

हुक्म हुआ, उसको लाओ। एक माली हुक्म की तामील के लिए गया। बेगम साहब और खवास वहीं बैठी रहीं। नजीर बेगम उस लड़की को साथ ले कर गईं। जीने पर कदम रक्खा ही था, कि आवाज आई - 'पी कहाँ! पी कहाँ!' वह लड़की अब माँ और बहन के लिहाज से, उनको पास न पा कर, आहिस्ता-आहिस्ता अपनी पी को याद कर रही थी। जब नजीर बेगम की पाजेब की झंकार सुनी, तो वैसे तो खामोश हो रही, मगर दिल ही दिल में 'पी कहाँ! पी कहाँ!' कहती जाती थी।

नजीर - बहन जरी टहलो। बातें करो। दिल बहलाओ। देखो हम लोगों ने तुम्हारे लिए ऐसा घर और ऐसा लड़का ढूँढ़ा है कि खुश हो जाओगी।

फ - दिल में तो खुश हो गई होंगी।

लड़की चुप। गोया कह गयी है -

न छेड़ ए निगहते-बादेबहारी, राह लग अपनी,

तुझे अठखेलियाँ सूझी हैं, हम बेजार बैठे हैं!

फ - ए लो, बोलो जी!

नजीर - अरे, आखिर अब तुम सयानी हुई। माशेअल्ला, इतना सिन आया, अब तुम्हारा रिश्ता होना चाहिए कि नहीं? खुदा न चाहा - खुदा ने चाहा, तो पाल डाला जायगा।

लड़की - (डबडबाई हुई आँखों से) बाजी, हमारा दिल ठिकाने हो ले, तो हम जवाब दें।

नजीर - अच्छा, यह माना। मगर दिल ठिकाने न होने का सबब है। वह कौन बात है, जिससे दिल ठिकाने नहीं। तुम गरीब-मोहताज की लड़की नहीं हो!

फ - और जहाँ रिश्ता कर रहे हैं, वह भी वसीकेदार हैं। लड़का अच्छा, खूबसूरत। फिर भी के बे-ठिकाने होने का क्या सबब है?

नजीर - कश्मीरी दरवाजे के पास मकान है। ये उस लड़के के साथ खेल चुकी हैं। खालाजान कहती थीं कि खेलते-खेलते उसको मारा, तो वह रोता हुआ अपनी माँ के पास गया और कहा कि इस लड़की ने

हमें मारा। ये अपने मियाँ को पहले ही ठोंक चुकी है!

मियाँ का लफ्ज सुनना था कि इस बेचारी के दिल पर चोट लगी, कि लो अब तक तो बातें ही बातें थीं, अब तो ये खुल्लमखुल्ला 'मियाँ' कहने लगीं। इतने में उसके चेहरे का रंग फक और बेहद उदासी छाई, जो देखा तो नजीर बेगम को भी रंज हुआ, और गुस्सा भी आया, और झल्ला के कहा - कितनी बदनसीब लड़की है। कहाँ से वह निगोड़ा दरोगावाला लौंडा आया - उस पर अलम-बिरादर का अलम टूटे! - अब की हैजे में सबके पहले गोई उसी उजड़े को लगे! और हमारी आँखों के सामने तोड़ पाए!

इस इश्क के मारे हुए को यह ताब कहाँ कि ऐन उसी के बारे में जिस पर उसकी जान निछावर थी, - यह सुने! सुनते ही जोर से चीख मारी और गश आ गया। बेगम दौड़ी आईं। मुँह पर छीटें दिए केवड़े के, और ठंडा-ठंडा पानी पिलाया। दो औरतें पंखा झलने लगीं। जरा-जरा होश आया।

इतने में माली उन बनिए को और एक सिपाही को उसके टट्टू पर रवाना किया, कि शहर जा के, नवाब दूल्हा, नजीर बेगम के मियाँ, को बुला लाए,

और ताकीद करे कि साथ ही चलिए, बड़ा जरूरी काम है।

सिपाही रवाना हुआ। दूसरे रोज के पहले नवाब दूल्हा आए। अलहदा कमरे में बेगम और नजीरबेगम और फैजन खवास गईं। और साहबजादी को सतखंडे पर चढ़ने और पपीहा लाने का सब हाल कह सुनाया। माली और उसकी बहू को बुलवाया। माली ने फिर वह किस्सा दुहराया। नवाब ने कई सवाल किए, और कई औरतों से बहुत सी बातें पूछीं और एक दफा रान पर हाथ मार कर कहा - अरे! यह तो बड़ा बुरा मरज है। बड़ी चौकसी रखनी होगी। सोते-सोते, ऐन नींद की हालत में, काम करना और सतखंडे पर जाना और जानवर लाना, और फिर सो रहना, गजब ही तो है। अगर कोई जरा उस वक्त टोक देता, तो, खुदा-न-खास्ता उसीदम दम निकल जाता। बड़ा खराब मरज है -सोमनांबुलिज्म!

***

बाब : 7

शर को रातब दिया जाता था, और वह साहबजादा, कि खुद रियासत का मालिक था, दिल बहलाने के लिए दिल्लगी देख रहा था। एक सिपाही के लौंडे ने शेर की दुम, जो कटघरे के बाहर थी पकड़ के खींची। शेर उस वक्त बकरी की रान खा रहा था। पहले जरा यों ही सा गुर्राया। जब उस लौंडे ने जोर से दुम को खींचा, तो शेर इस जोर से डँकारा और फिरा कि लौंडा गिर पड़ा। शेर बदस्तूर गोश्त खाने लगा। और उस साहबजादे को उस लौंडे की शरारत और बौखलाहट पर बेतरह हँसी आई, - और पहली ही मर्तबा था कि इस मकान में आ कर ये हँसे हों। हँसी के आते ही अचानक उसको ख्याल आया कि - अरे! मैं हँस रहा हूँ! हाय, वह बेचारी इस वक्त क्या जाने क्या कर रही होगी, और सोती न होगी तो बेचैन जरूर होगी। और मैं कमबख्त हँस रहा हूँ!

शेर के कटघरे के पास से ये दूब के तख्ते के पास आए टहलने लगे। हद से ज्यादा उदास, बड़े रंज

में। एक आदमी को बुला कर कहा - देखो एक साँड़नी सवार को नवाबगंज की चौकी तक भेजो कि देखे, बाबू किशोरी लाल साहब यहाँ आते हैं या नहीं। पालकी गाड़ी पर आएँगे। अगर उनकी गाड़ी मिले तो कह दे कि राजा राहत हुसैन ने भेजा है, और कहा है कि इतना बता दीजिए, कि बेटा या बेटी? - बल्कि एक काम करो। कलम, दवात, कागज मँगवाओ। खत लेके जाय, और कलम-दवात कागज उसके साथ कर दो, कि वह जवाब लिख दें, उनके पास मुसाफरत में कहाँ होगा। रुक्का जल्दी में लिखा -

'माई डियर किशोरी -

अरे यार आँखें तुमको देखने को तरसती हैं। भाई कुछ पता लगाया या नहीं?

तुम्हारा दोस्त,

राहत - बराय नाम।'

साँडनी सवार रुक्का और कलम-दवात कागज ले कर बहुत तेज गया, और तीन घंटे बाद वापिस आया, और कहा - हजूर चौकी से तीन कोस गया, मगर कहीं पता नहीं। एक सवार घोड़ा दौड़ाए हुए आता था। उससे पूछा, कोई टमटम पीछे आता है? उसने कहा, नहीं। इतना सुनना था कि राहत हुसेन

दूब पर बैठ गए, और उनके आदमी और दरोगा साहब दौड़ पड़े।

1 - सरकार, सरकार! अरे!

२ - बोचा लाओ! बोचा लाओ! जल्दी लाओ!

3 - हुजूर लेट जायँ। पसीने आ गए! ये हुआ क्या! डाक्टर साहब को बुलाओ!

4 - अरे मियाँ बोचा लाओ! घंटों लगा देते हो, पाजियो!

5 - पसीना रूमाल से पोछिए, दरोगा साहब!

जनानखाने में खबर हुई तो कयामत का सामना हो गया। और इधर इसी दूब के फर्श पर एक पलँग पर राजा राहत हुसैन साहब को लोगों ने लिटाया, और पंखा झलने लगे। इतने में एक महरी ने आन कर कहा - पर्दा हो जाय! सब एक सिरे से चले जाइए। बड़ी सरकार आती हैं! सब एकदम हुर! अब बाग और जमीन और दूब और तालाब भर में सिवाय इस लड़के के मर्द का नाम भी नहीं।

महरी ने पंखा ले लिया था। महलदार ने इत्तला दी कि, हुजूर पर्दा हो गया। बड़ी बेगम, मय खवासों और महरियों और मुगलानियों और महलदार और चेंगी-पोंटों के, पलँग के इर्द-गिर्द। सबके पहले इस

लड़की ने, जिसके साथ बड़ी रानी ने लड़के का निकाह तजवीजा था, राहत हुसैन के माथे पर हाथ रख कर, झुक के पूछा - मेरे प्यारे भाई, कैसे हो? यह कमसिन, बहुत ही कम-उम्र, हसीना, कुँआरी लड़की अगर किसी और नौजवान मर्द के माथे पर अपना मेहँदी से रचा हुआ हाथ रख कर इस मोहब्बत से पूछती, तो वह समझता कि कारूँ का खजाना मुझे मिल गया, मगर यह तो और ही फिराक में था। उसने इशारे से कहा - बैठ जाओ! और वह उसी पलँग पर बैठ गई।

बेगम - बेटा, यह तुम एकाएकी गिर क्यों पड़े।

राहत हुसैन यानी वही साहबजादा - अजी सरकार, ये लोग तो खामखाह बात का बतंगड़ बना देते हैं। मैं जरा दूब पर बैठ गया, और कच्ची घड़ी भर में खलबली मच गई।

बेगम - बेटा, घर भर तुमको देख कर जीता है। जो जरा भी कोई सुने कि तुम्हारे पाँव में काँटा चुभा, तो चैन क्यों कर आए। अब तुम यह बताओ कि हो कैसे! डाक्टर को बुलाने आदमी गया है।

राहत - (किसी कदर चिड़चिड़ेपन के साथ) आप तो बेकार दिक करती है। अरे भई देखती हो कि

खासा अच्छा हूँ, भला-चंगा, डॉक्टर क्या करेगा?

बहनों में से एक ने कहा - भाई तुम हम लोगों के पूछने से परेशान क्यों होते हो? हमारी तो जिंदगी का दारोमदार तुम हो। अम्मीजान सच कहती हैं कि तुमको देख के जीते हैं।

राहत - अरी बहन, आखिर बीमारी की कुछ अलामत पाती हो? फिर क्यों घबराती हो?

बहन - बस, अब हमको जैसे लाखों रुपए मिल गए। जान में जान आ गई। तुमने हमें जिला लिया, जिंदगी दे दी।

बेगम - मैं कहने ही को थी : अच्छा अगर डॉक्टर आके देख ले तो क्या हर्ज है!

राहत - (चिड़चिड़ेपन के साथ) अम्मा, तुमने कलेजा पका दिया। डाक्टर क्या मेरी लाश पर मरेगा आके?

बहन - खुदा न करे! खुदा न करे! ये क्या बातें मुँह से निकालते हो, भाई! अम्मीजान, तुम यहाँ से चली जाओ!

बेगम - अच्छा, लो अब हम जाते हैं। तुम भाई-बहन बैठो।

राहत - (मुस्करा कर) नहीं, नहीं, जाइए नहीं।

मगर मुझे दिक न करो भई। परेशान क्यों करती हो। जो मैं बीमार होता - तो खुद न कहता? मेरी बीमारी डाक्टर के इलाज से अच्छी होनेवाली नहीं है।

इतना कहना था कि बड़ी बेगम ने इनकी बहन की तरफ देखा, और उसने उनकी तरफ, और जितनी वहाँ खड़ी थीं, सब एक दूसरे को देखने लगीं।

राहत - अब तुम लोग जाओ। मेरा तुम्हारे बैठने में कोई हर्ज नहीं है, मैं फकत तुम्हारी तकलीफ के लिए कहता हूँ।

बहन - कैसी बच्चों की सी बातें करते हैं।

खवास - अरे हजूर, तकलीफ है, कि ऐन राहत है।

दूसरी - इसमें क्या शक है। अल्ला जानता है, जैसे ही सुना कि गश उनके दुश्मनों को आया, बस जैसे जान तन से निकल गई।

बेगम - अच्छा अब हम तो जाते हैं।

इतने में फीलबान की बीवी ने कहा, सरकार कोई औरत बंद गाड़ी में आई हैं, राजा साहब से मिलना चाहती है। सुनते ही सबके कान खड़े हुए, और राजा ने ताज्जुब के साथ पूछा - औरत आई है? और हमसे मिलना चाहती है? कौन औरत है, भई!

...अच्छा, अब तुम लोग जाओ। और वे सब चली गई। मगर सबको अचंभा कि कौन औरत आई है। घर भर में खलबली मची हुई। इधर एक खवास ने आन कर कहा, सरकार एक बंद गाड़ी में कुछ सवारियाँ आई हैं। 'फैजन' नाम बताया है। फैजन का नाम सुनना था कि बाछें खिल गईं। हुक्म है कि फीलखाने की छत पर जो खपरैल है, वहाँ पर्दा करा के सवारियों को उतरवाओ। दिल में बड़े खुश कि अपनी प्यारी माशूका का कोई सँदेशा आया, और कौन जाने कि खुद भी आई हो। डर था कि कहीं मारे खुशी के जान ही न निकल जाय! खवास हुक्म की तालीम के पहले दौड़ गया था। ये आदमी दूर पहुँचे ही थे कि उसने वापिस आके कहा, सरकार, वह नहीं उतरतीं। हजूर ही को बुलाती हैं! यह खुश-खुश चहलकदमी करते हुए चले। एक-एक कदम पर यह मालूम होता था कि कलेजा गज भर का हो गया है।

अब इधर का हाल सुनिए कि बड़ी बेगम और राहत हुसैन की बहनों और कुल घर के लोगों और नौकरों और मुसाहिबों को रंज था कि मालूम होता है कि वही औरत आई है जिस पर साहबजादे रीझे हुए

हैं। लेकिन अगर बाहर-भीतर के आदमियों, मर्दों-औरतों में, किसी को खुशी थी तो वह दारोगा थे।

बेगम - मैं कहती हूँ, अब क्या होगा?

बहन - क्या बताऊँ, अम्मी जान।

खवास - मालूम होता है, वही आई है। यह है कौन, जिस पर ये इत्ते रीझे हुए हैं। टोह तो लेनी चाहिए।

बहन - फैजन तो किसी देहातिन का नाम मालूम होता है। अच्छा, नेक कदम, तुम जाके टोह तो लो! किसी बहाने से जाओ।

खवास - फीलबान के पास जाके बैठो। वहाँ से सब सूझेगा।

बेगम - हाँ, मैं कहने ही को थी।

बहन - अल्ला हमारी आबरू रखे।

बेगम - घर में लड़की मौजूद होके, लड़का मौजूद होके, और जगह कूद पड़ना -इसकी अकल को क्या हो गया है?

बहन - और यह मुआ दारोगा और पुरचक देता है।

खवास - यह मुआ है कौन? भद्दा-भदेसल!

इतने में नेककदम फीलबान के पास गई। और

राजा राहत हुसैन साहब बहादुर बादशाह बने हुए उस बंद गाड़ी के पास पहुँचे। फैजन से यह खुले हुए थे, बचपन के। जब गाड़ी के पास पहुँचे तो दिल धड़-धड़ करने लगा और फैजन का नाम ले कर गाड़ी का पट खोला तो धक से रह गए। और अंदर की सवारी ने कहकहा लगा कर कहा - 'हात् तेरे गीदी के!' राजा ने कहा - भाई वल्लाह, न बड़ी मायूसी हुई! ऐसी दिल्लगी - ऐसी हालत में अच्छी नहीं होती! मैंने तो सोचा था कि हमारा कातिल होगा, तो जान में जान आ जाएगी... साथ ही भाग जाता! और जो फैजन ही होती, तो खुदा की कसम, कुरबान जाता - बल्कि कदमों पर टोपी रखता - पाँव चूमता, और धो-धो के पीता, कि माशूक की भेजी हुई आई है। तुमने, बच्चा! इस वक्त और भी रंज दिया क्या जाने कब का बदला तुमने निकाला है।

किशोरीलाल ने कहा - किसी कदर कामियाबी तो हमारे जाने में जरूर हुई। बड़ी बुरी हालत बेचारी की है। वह किसी बाग या जंगल में रहती है, और पी कहाँ! पी कहाँ! की हाँक लगाती है। अफसोस के काबिल हालत हो गई है। जिस औरत ने मुझसे बयान किया, वह खुद देख आई है - कहती थी

बिलकुल दीवानी हो रही है,और अगर यही नक्शा कायम है तो खुदा-न-खास्ता, बिलकुल सिड़न हो जाएगी और तिनके चुनने लगेगी। वह तो कहती थी कि सिवाय पी कहाँ! पी कहाँ! के और कुछ कहती ही नहीं मर्दाने कपड़े में देखा था। कहती है, बिलकुल यह मालूम होता था कि कोई खूबसूरत सा लड़का खड़ा है -चुस्त घुटन्ना, अँगरखा बसंती रँगा हुआ, हरी चौड़ी गोट लगी हुई। कमर तक कुदरती लंबे-लंबे बाल, बीच की माँग निकली हुई, मगर वह रंग-रूप नहीं। वह फूल से गाल नहीं। जर्दी छाई हुई। घुल के काँटा हो गई है। बाजी बात कहने को जी नहीं चाहता। कोई ताज्जुब नहीं कि पागलपने में अपनी जान दे दे। जान पर खेल जाय - या मारे रंज के मर जाय।

राहत - पूरा पता न मालूम हुआ, कि है कहाँ?

जवाब - अरे भाई यह तो कोई जानता ही नहीं। लाख-लाख जतन किए, लालच देके कहा, कि भरपूर इनाम दूँगा। उसने कहा - बाबू जी यह न होयगा! फैजन ने आपने मरने की कसम दे दी है।

राहत - क्या फैजन भी साथ है? उसको यह क्या सूझी!

जवाब - अल्ला ही जाने! फैजन की एक रिश्तेदारिन से तो हमने सुना था - फुफी है, या खाला, या कुछ ऐसी ही है। देखो, मैं फिर टोह लगाता हूँ!

राहत - किसके मकान पर है, पूछा?

जवाब - वहाँ किसी के बताने से भी हाल मालूम न हुआ। सख्त ताकीद है, कि कोई किसी गैर से बात न करने पाए।

राहत - इसमें कोई भेद जरूर है। (ठंडी साँस भर कर) हाय क्या गजब हो रहा है। आँखें तरस रही हैं!

जवाब - अरे भई, अलैहदा इस वजह से कर दिया कि उसका दिल और तरफ हो कर धीरे-धीरे बदल जायगा और भूल जायगी। मगर वहाँ उलटी आँतें गले पड़ीं। पागलपन और बढ़ गया। मगर घबराओ नहीं, दिल को ढारस रखो!

राहत - अबर दीवानी हो गई तो गजब हो जायगा। और अगर खुदा न करे खुदा-न-खास्ता... (बहुत ही दुखी हो कर, रोते हुए) हम भी उसी की कब्र पर जान दे देंगे।

जवाब - खुदा न करे! खुदा न करे! यार, यह बदशगुनी की बातें मुँह से मत निकाला करो! उसकी

कब पर जान दूँगा! वाह! - जब न मिले न!

राहत - हमारी जिंदगी पर तुफ है! जब से पैदा हुए दम भर चैन नहीं आया। चैन लेने ही नहीं पाते। इससे बढ़ कर सितम और क्या होगा कि हम उस पर जान दें, वह हम पर - और न हमें मालूम कि वह कहाँ है, न उसको हमारा हाल मालूम! क्या गजब हो रहा है - अंधेर हो रहा है! अच्छा तीन हफ्ते तक हम और किस्मत को आजमाते हैं। अगर मिल सके तो खैर, बर्ना... हमारा दिल बैठा जाता है...

यह कह कर एक चक्कर सा आया और गिर पड़ा। और इधर बाबूजी ने उनके आदमियों को बुलवाया। सुनते ही बेताब हो कर सब दौड़ पड़े।

1 - अरे! खैरियत तो है!

2 - गश आ गया!

3 - पंखा झलो! पंखा झलो! इत्र मँगाओ।

4 - यह हुआ क्या? अभी तो अच्छे थे।

सबके सब जमा हो गए और तरकीबें करने लगे कि मिजाज हुजूर का रास्ते पर आए। इतने में महलखाने में खबर हुई। वहाँ खबर होना बस गजब का सामना था। सितम हो गया, पिट्टस-सी पड़

गई। कुहराम मचा हुआ। जिसने जाके यह खबर सुनाई, उसने बहुत कुछ चढ़ा कर कहा था। हुक्म हुआ, पर्दा कराओ। कई आवाजें मिल कर आईं - पर्दा कराओ! पर्दा कराओ! महलदार दौड़ी। महरी सटर-सटर करती हुई बाहर आई। पहरेदार कौन है! सारे में पर्दा करा दो - कोठी, तलाब, रमना, फीलखाना, अस्तबल, ड्योढ़ी, बाग। फाटकों से लोग हट जाएँ। जल्दी पर्दा हो! अंदर से फिर ताकीद हुई। इतने में बेगम साहब और राहत अली खाँ की दो बहनें - एक सगी, एक चचेरी, फीनसों पर सवार हो कर पहुँच गईं। मर्द सब नीचे उतर आए। खवासें उनके पास रहीं। पर्दा हो कर सवारियाँ उतरीं। और बाकी और बेगमें और औरतें भी, जब पर्दा हो गया तो पैदल आने लगीं, अब गशी की हालत दूर हो गई थी, मगर कमजोरी कहीं बढ़ी हुई।

बेगम - (माथे पर हाथ रख कर) - पसीने आए हुए हैं।

बहन - भाई कैसे हो? यह हुआ क्या था?

राहत - गश सा आ गया। अब आराम है।

बहन ने कहा - अल्ला करे, आराम ही रहे!

हकीम साहब आए।

बेगम - हकीम साहब, मेरी कुल जिंदगी का दारोमदार इसी बच्चे पर है। ये अच्छे हो जायँ, तो मेरी जान तक हाजिर है। इतने दिनों के बाद जो घर में उजाला हुआ, तो यह नई बात पैदा हो गई।

हकीम - आप घबराएँ नहीं। खुदा पर भरोसा रखें। अल्लाह-ताला फरमाता है कि मेरे मकबूल बंदे वह हैं जो मुझ पर भरोसा रखते हैं।

बेगम - (रुआँसी आवाज में) यह रोज-बरोज तबीअत इनके दुश्मनों की बिगड़ती क्यों जाती है?

हकीम - इनका कुल हाल बयान फरमाइए। कहाँ रहे, किस तरह पर रहे। कौन-कौन बीमारियाँ इन्हें हुई। किसी खास बीमारी की शिकायत है? ये सब बातें मालूम होनी चाहिए।

बेगम - इनके साथ एक शख्स आया है, जो दारोगा-दारोगा कहलाता है, और एक इनका दोस्त है हिंदू। इन दोनों को कुल हाल मालूम होगा, मगर हमसे छिपाते हैं। कमबख्त साफ-साफ नहीं बताते हैं। इन्हीं दोनों की साँठ-गाँठ है। हकीम साहब, मुझे जिला लीजिए। मैं बड़ी दुखी औरत हूँ। जिंदगी इसी लड़के पर है। और इसकी हालत मुझे अच्छी नहीं मालूम होती। और मुझे मौत भी नहीं आती।

हकीम - अगर आप इस कदर घबराइएगा, तो और सब के भी हाथ-पाँव फूल जाएँगे। मैं इन दोनों से जाके साफ-साफ हाल पूछता हूँ। क्या नाम बताए आपने?

बेगम - एक दारोगा हैं, नाम नहीं जानती। और दूसरा कोई हिंदू है इनका दोस्त - उसकी बड़ी खातिरें होती हैं।

हकीम साहब ने कहा - मैं इन दोनों से दरियाफ्त करके हाजिर होता हूँ। क्योंकि ऐसी पेचीदा बीमारियों का तूल खिंचना अच्छा नहीं। जल्द रोकथाम चाहिए। यह कह कर बाहर आए। दीवानजी को बुलवाया। अकेले में बैठे। दारोगा साहब और साहबजादे के हिंदू दोस्त बुलवाए गए। हकीम साहब ने उन सब से कहना शुरू किया -

साहबजादे का हाल अच्छा नहीं है। अव्वल तो कमजोरी बेहद हो गई है। दूसरे गिजा के नाम से नफरत है। दूसरे इख्तलाजे-कल्ब... बेहद बढ़ा हुआ। और इन सब पर तुर्रा यह कि मरज का सही-सही पता नहीं चलता। डॉक्टर साहब की अक्ल भी गुम है और हमारी समझ में भी नहीं आता। अब फरमाइए, मरीज बेचारे के अच्छे होने की कौन उम्मीद है।

डाक्टर सर पटक के मर गया हम इलाज करके थक गए। कुछ समझ में नहीं आता, क्या किया जावे। एक जरूरी बात दरियाफ्त करने की यह है कि ये किस हालत में थे, शौक क्या था। कोई खास बीमारी है या नहीं। दिमाग तो कभी बिगड़ नहीं गया। दिल का दौरा कब से उठता है। कोई सदमा तो एकाएक नहीं पहुँचा। जहाँ ये थे, वहाँ किसी के छुटने और जुदाई के रंज ने तो यह हालत नहीं पैदा कर दी। पेश्तर भी कभी यह कैफियत हुई थी? कुछ हालत मालूम हों, तो फिर खुदा के फज्ल से आराम हुआ समझिए। जब तक मरज की तशखीस नहीं होती इलाज से कोई फायदा न होगा।

यह सुन कर दारोगा ने कहा - जनाब हकीम साहब हमसे पूरा-पूरा हाल सुनिए। जब बेगम साहब के पहले शौहर न रहे, और उन्होंने दूसरा निकाह कर लिया, तो उनके दूसरे शौहर ने इन साहबजादे को निकाल दिया और मैंने इसकी परवरिश की। जिस ड्योढ़ी की दारोगगी पर मुकर्रर था, उनकी एक लड़की थी, बड़ी खूबसूरत। नवाब ने इस लड़की को पढ़ाने के लिए एक बूढ़ा मौलवी नौकर रखा था। और यह लड़का भी वहाँ पढ़ने लगा। जब लड़की जरा

सयानी हुई, तो इन साहबजादे से पर्दा कराने लगे। मगर दोनों के दिल को यह रोक-टोक बहुत अखरी। और कोठे से झरोखे से, इधर से, उधर से, इशारेबाजियाँ होने लगी। मगर पाक मोहब्बत। बदी का खयाल न था। बचपने के दिन। धीरे-धीरे मोहब्बत गई और अब इश्क का दर्जा हो गया। नवाब ने जो यह हालत देखी तो मुझे और उस लड़के को निकाल दिया, और कसम खाके कहा कि अगर फिर इस शहर में शहर में देखा तो मरवा ही डालूँगा। जिंदा न छोड़ूँगा। हम दोनों को भागना पड़ा। गरज यह कि किस्मत ने यहाँ तक पहुँचाया। बात को तूल कौन दे : माँ ने बेटे और बेटे ने माँ को पाया। खुशी के शादियाने बजने लगे। मगर लड़का, बावजूद धन-दौलत, जायदाद और इलाका वगैरह सब कुछ होने के, खुश नहीं। परेशान, हैरान, बुत बना हुआ। सोने का लुकमा खिलाओ तो वही बात, और जौ की रोटी खिलाओ तो वही बात। सावन हरे न भादों सूखे। मोहब्बत तो बहुतों को होती है। मगर इनकी सी मोहब्बत न देखी, न सुनी। घंटों रोया करता है, और जबसे इनकी वालदा ने कहा है कि खान्दान की एक लड़की के साथ तुम्हारा निकाह

होगा, तबसे जो बीमारी ने घेरा, तो गजब ही हो गया। और अब तो हालत बहुत ही खराब है। खुदा ही खैर करे। यों तो दुनिया उम्मीद पर कायम है, मगर हमको मायूसी सी होती जाती है।

जब दारोगा ने अपनी बात खत्म की तो हिंदू दोस्त ने कहा - मुझे शहर भेजा था, और बड़ी खुशामद की थी कि पता लगाओ। मालूम हुआ कि उसे लड़की की हालत और भी खराब है। उसके माँ-बाप ने उसको किसी बाग में भेजा है, कि शायद आबो-हवा की तब्दीली से मिजाज सही हो। मगर वहाँ और भी बदतर हाल हुआ। सुना कि 'पी कहाँ! पी कहाँ!' की आवाज लगती है, और चौ-तरफा पी को ढूँढ़ती फिरती है, और पी इधर उसकी जुदाई में घुले जाते हैं।

हकीम साहब और दीवान जी और दारोगा ने पूछा - वह बाग कहाँ है? कहा - मुझ से साहबजादे ने नहीं बताया। उस लड़की की कोका की लड़की है - शायद 'फैजन' नाम है, - उसकी एक रिश्तेदारन ने हमसे बयान किया। मगर जगह का नाम नहीं बताया। या तो छिपाया, या जानती न हो। मगर जानती जरूर होगी।

दारोगा ने कहा - मैं फैजन के सारे रिश्तेदारों को जानता हूँ। अच्छा, मुझे पता लगाने दीजिए। उनके रिश्तेदारों से, खास कर उसके बाप से, साफ-साफ कहा जायगा, कि जो बात आप समझे थे, वह नहीं है। - वह समझे थे कि यह लड़का मेरा है। दस-बारह रुपए महीने के दारोगा के लड़के को अपनी साहबजादी बेटी क्यों दूँ! इसी सबब से मुझे भी निकाल दिया और लड़के को भी। अब उनसे कहा जायगा, कि यह लड़का हमारा नहीं है। एक बड़ा नामी ताल्लुकेदार है, आपसे हैसियत और आमदनी में कहीं ज्यादा, इज्जत और आबरू में कहीं ज्यादा। और दोनों को आपस में इश्क। इधर आपकी साहबजादी कुढ़ती हैं, उधर लड़का। यह भी साफ-साफ कह दिया जायगा, कि लड़का, खुदा-न-खास्ता, जान दे देगा। हालत नाजुक है। हकीमों और डाक्टरों ने जवाब दे दिया। अगर दोनों एक दूसरे को देखें, तो अजब नहीं कि जी पायँ, बल्कि यकीनी। मुझे पूरा यकीन है कि जी जायँ। दोबारा जिंदगी हो जाय।

हकीम साहब यह सब सुनके खुश हुए। कहा कि - अगर उस लड़की के बाप को यही खयाल था कि एक छोटे-से आदमी के लड़के के साथ लड़की का

निकाह क्यों हो, किसी ऊँचे घर में क्यों न दूँ, तो अब वह बात हासिल है। चलो बस छुट्टी हुई! - ये हैं कौन?

दारोगा ने कहा - मियाँ जोश की चढ़ाई पर वह जो टीले पर बूढे नवाब रहते हैं, जो आसमानी नवाब कहलाते हैं - चढ़ाई पर टीला और टीले पर बँगला - उन्हीं की लड़की है।

हकीम साहब ने कहा - अख्खाह! यह कैसे हम समझ गए! मैंने तो उस लड़की का इलाज किया है : नूरजहाँ बेगम नाम है। उसके बाप के पास आप भी चलिए और मैं भी चलूँ। मैं समझा लूँगा।

दारोगा ने पूछा - लड़की का हाल तो मुझे मालूम, मगर हाँ, इस अपने बेचारे का हाल तो अच्छा नहीं है। साफ-साफ तो यों हैं, कि बचना मुश्किल है। मगर, हाँ, अगर आसमानी नवाब राजी हो जायँ, तो कोशिश का कुछ नतीजा निकले। बस, अब देर न कीजिए और चलिए। चाहे बाबू साहब को भी ले चलिए।

हिंदू दोस्त ने कहा - मुझे इन्हीं के पास छोड़ जाइए।

हकीम साहब और दीवान जी ने बेगम साहब को

इत्तला दी कि, अस्ल मरज यह है। बेगम ने कहा - मैं तो इनकी वहशत और बेचैनी से समझ गई थी कि कुछ यही हेर-फेर है। बल्कि कांजीमल से कहा भी था, कि डॉक्टर साहब से, हकीम साहब से यह भी कहो। मगर इस मुए दारोगा को तो देखो, कि सब जानता था और नहीं बताता था। नहीं तो बात इतनी बढ़ने काहे को पाती! अच्छा, अब तो हुआ, वह हुआ। अब आप लोग कोशिश करें।

हकीम - कोशिश क्या माने : उनको मजबूर करेंगे। उनकी लड़की की हालत भी तो अबतर है।

दीवानजी - हकीम साहब दारोगा को ले कर जाते हैं। उस लड़की के बाप को समझाएँगे। मियाँ जोश की चढ़ाई पर रहते हैं।

बेगम - उन्हीं की लड़की है? वह आसमानी नवाब? अल्ला-अल्ला? अब वह इतने हुए कि हमारे साहबजादे को नापसंद करें! खुदा की शान!

हकीम - आप समझीं नहीं। उनको क्या मालूम था कि किसका लड़का है, कौन है कौन। वह समझते थे कि हमारे दारोगा का लड़का है। उसको मुलजिम का लड़का समझ कर टाल दिया। यह क्या मालूम था कि राजा है, और ताल्लुकदार का लड़का। अबर

यह मालूम होता, तो अब तक निकाह कबका हो चुका होता। वह तो अपने आपको बड़ा खुशनसीब समझते। लड़के को खानादामाद (घर-जमाई) कर लेते।

बेगम : यह तो बड़ी खुशखबरी सुनी। तो अब अगर उनसे कहा जाय, तो फौरन मंजूर कर लें! यह तो मुझे अब मालूम हुआ, कि यह गुत्थियाँ पड़ी हुई हैं। जभी हमारा बच्चा कुढ़-कुढ़ के घुला जाता है। फिर अब हम पैगाम भिजवाएँ!

हकीम - मैं दारोगा साहब को ले कर खुद जाता हूँ।

बेगम - तो मैं भैया से जाके कह दूँ कि जो बात तुम चाहते थे वह पूरी हो गई।

हकीम - ना : अभी नहीं। साईं के सौ खेल! अभी पक्की-पोढ़ी हो ले! जाके इतना कह दीजिए कि परसों-नरसों तक हम कोई खुशखबरी सुनाएँगे। मियाँ-जोशकी-चढ़ाईवाली बात। बस इतना कह दीजिए।

यह कह कर हकीम साहब और दीवानजी रुखसत हुए। बेगम ने जाके लड़के को तसल्ली-भरी बातें सुनाईं।

उधर हकीम साहब दारोगा को ले कर और हाथी पर सवार हो कर मियाँ-जोशकी-चढ़ाई पर चढ़ाई करने चले।

***

बाब : 8

अब इधर का हाल सुनिए कि नूरजहाँ बेगम की माँ और बहन उसी जंगल के बाग में साहबजादी की तसल्ली और हिफाजत और इलाज और निगरानी के लिए टिके रहे। पहलेपहल तो नूरजहाँ बेगम लिहाज के मारे दिल ही दिल में 'पी कहाँ! पी कहाँ!' कह कर दिल की जरा-जरा ढारस व दिलासा देती थी, कि ऐसा न हो कि ये लोग यह आवाज सुन कर अपने दिल में कहें कि लड़की हाथ से जाती रही - बिलकुल बदलिहाज हो गई : कल की छोकरी और हमारे सामने यह बदलिहाजी! लेकिन जब जुनून ने औप ज्यादा जोर किया, और सब्र का दामन हाथ से छूटने लगा, - तो शर्म बिला इजाजत गायब-गुल्ला : किसका लिहाज और किसका खयाल, और किसकी शर्म और किसका पर्दा। ये सब बातें और खयाल तो होश के साथ होते हैं। अब यह खुले-बंदों शोर मचा-मचा के पी को ढूँढ़ने लगी - 'पी कहाँ! पी कहाँ!' किसी की शर्म, न लिहाज, बिलकुल दीवानी हो गई। पिंजड़ा हाथ में ले लिया और बाग में गश्त करने

लगी। पी कहाँ! पी कहाँ! हर दरख्त, हर दर-दीवार, हर रविश और क्यारी, हर नहर, हर जड़ी-बूटी और पत्ते से पूछती थी : 'पी कहाँ!' माँ बहन रोया करती थीं। बहनोई बहुत ही रंजीदा। नौकर-चाकर सब गम से उदास - कि इस सिन में यह कौन बीमारी पैदा हो गई, जिसका इलाज ही नहीं। नवाब दूल्हा ने शहर से हकीम साहब को बुलवाया। तीन दिन तक हकीम साहब मरज की अटकल लिया किए, और इलाज शुरू कर दिया। शहर से कई अरक खिंचवाके मँगवाए, और ये सब दवाएँ नामी अत्तारों की दुकान से आती थीं। इलाज में कोई कोर-कसर नहीं रखी गई। हकीम साहब ने जान लड़ा दी। मगर -

मरज बढ़ता गया ज्यों-ज्यों दवा की!

जब बिलकुल मजबूर हो गए तो हकीम साहब ने कहा - हजरत अब किसी अच्छे डाक्टर से भी सलाह लीजिए। हमारे नजदीक तो इनकी बीमारी दो हालतों से खाली नहीं। या तो किसी का साया है, या किसी पर इस साहबजादी का (आहिस्ता से) दिल आया है।

ये मायूसी के लफ्ज सुन कर नवाब दूल्हा को और भी रंज हुआ, कि हकीम साहब ने साफ-साफ जवाब दे दिया और खुद सलाह दी कि अब डाक्टर

को दिखलाइए। इनके नजदीक यह कोई मरज नहीं है। या तो किसी भूत-परेत का साया है - किसी झाड़ने फूँकनेवाले या आमिल को बुलाएँ, या किसी से आँख लड़ गई है - उसको ढूँढ़ निकालें। बीवी से जाके उन्होंने कहा - लो साहब, अब तो लड़की की तरफ से पूरी मायूसी हो गई। बीवी ने पूछा - क्यों, क्यों? खैर तो?

नवाब - खैर कहाँ है। हकीम साहब ने जवाब दे दिया। उनकी राय है कि डाक्टर को दिखाओ, या झाड़-फूँक हो! और एक बात और भी बेतुकी-सी कही, कि मालूम होता है, यह साहबजादी किसी पर आशिक हैं। उसके इश्क ने यह हालत पहुँचाई और यह नौबत आई, अब इनका इलाज करना फजूल है।

बेगम - यह बात सही है। किसी से कहना नहीं। वह जो मुआ दारोगा उनके यहाँ था, उसके लड़के निगोड़े पर इसकी जान जाती थी, और इसकी सबब से यह तबाही दुश्मनों के हाल पर पड़ी। यह बात उसने ठीक कही। यह बिजोग है।

और वह लड़का है कहाँ?

क्या जाने मुआ कहाँ गया!

वह दारोगा तो शरीफजादा है। अच्छे खान्दान से

है। बारहे का सैयद, रसूल की औलाद। लड़का भी पढ़ा-लिखा था, और बहुत खूबसूरत। जब यह हालत हो गई, तो हमारे देखने में इससे तो बेहतर यही है कि इसी के साथ निकाह हो जाय। कोई जुलाहा या कबड़िया नहीं है... और जो लड़की की जान जाती रही! उस लड़के का कहीं पता लगाना चाहिए। हम बड़े नवाब को बुलवाते हैं।

जो सलाह हो वह करो। हमको अंगारों पर समझो! अल्लाह का दिया सूखी रोटी का टुकड़ा मैके-ससुराल दोनों में बहुत हैं, और उसको देके खायँ। मगर यह बैठे-बिठाए मुसीबत कहाँ से सर पर पड़ गई। इसका क्या इलाज है? अब्बाजान को जरूर बुलवाओ। अब यह बीमारी खेल नहीं है। रोजबरोज बढ़ती जाती है।

नवाब दूल्हा ने उसी दम अपने ससुर के नाम खत लिखा, जिसमें उन्हें बताया कि मरीज की हालत अब यहाँ तक पहुँच गई है कि जनाब हकीम साहब ने जवाब दे दिया। उनकी राय है कि किसी अच्छे डाक्टर को दिखलाइए। वह कहते हैं कि यह कोई बीमारी नहीं है। या तो इन पर किसी का साया पड़ा है, या किसी पर इनका दिल आया है। गुजारिश यह

है कि आप फौरन डाक्टर साहब को ले कर रवाना हूजिए। अगर होम्योपैथिक डाक्टर को लाइए तो दवाओं का बक्स उनसे साथ जरूर होगा, और अगर एलोपैथिक हों तो जरूरी दवाएँ लेते आएँ। सबकी यही राय है कि आप यहाँ चले आइए। तबीअत की हालत बहुत ही नाजुक है। बहरहाल खुदा का भरोसा रखना चाहिए। बड़ी बेगम साहब दिन-रात रोया करती हैं, क्योंकि मरीजा की बीमारी ने अब पागलपन की शक्ल ले ली है। अफसोस। मगर जो मर्जी-ए-खुदा!

यह खत पढ़ते ही नवाब साहब ने डाक्टर साहब को साथ लिया और पालकी-गाड़ी पर रवाना हुए। पहुँचे, तो कुल हाल सुना। डाक्टर साहब ने मरीजा को देखा। पूछा, दिल का क्या हाल है? जवाब - पी कहाँ! पूछा - जरा आप हमारे सवाल का जवाब दे सकती हैं? जवाब - पी कहाँ! थोड़ी देर के बाद डाक्टर ने फिर कहा - अच्छा मिजाज का हाल खुलासा बताइए जवाब - पी कहाँ! पी कहाँ! डाक्टर खामोश हो रहा।

हकीम साहब ने कुछ देर के बाद उससे कहा - जरा नब्ज दिखाइए। और वह लड़की खड़ी हो कर

चिल्लाने लगी - पी कहाँ! पी कहाँ! सब लोग खामोश और उदास, जैसे कागज की तस्वीरें हों।

जब डाक्टर साहब को अलैहदा ले गए, तो सलाह-मशविरा होने लगा। और आखिर कर यही राय तय पाई कि कोई बहुत सख्त सदमा पहुँचा है, जिसके सबब से दिमाग सही नहीं रहा और सारा जिस्म निढाल और बेकाबू हो गया है। नवाब और नजीर बेगम और करीब-करीब घर-भर को इस बीमारी का कारन मालूम था। मगर मुँह से नहीं निकालते थे, कि बदनामी की बात है : कि रईस शरीफ की लड़की, और इश्क! बहू-बेटियों को इश्कबाजी से क्या काम! मगर नजीर बेगम के दूल्हा को इसका हाल नहीं मालूम था, अब उनको भी मालूम हो गया। रात को नवाब दूल्हा और बड़े नवाब में सलाह हुई और बड़ी रद्दो-बदल के बाद बड़ी बेगम और नजीर बेगम बुलवाई गई, और सबकी सलाह से यह तय हुआ कि उस लड़के की तलाश चारों तरफ की जाय और उसी के साथ निकाह हो, ताकि लड़की की जान बचे। गो गरीब का लड़का है, हमको या हमारी लड़की को रुपए की कौन कमी है। अब यह फिक्र हुई कि वह लड़का मिले, और बड़ी कोशिश की

जाय कि मिल जाय।

दूसरे रोज यह लड़की पी कहाँ! पी कहाँ! कह रही थी कि महरी ने आन कर नवाब साहब से कहा कि दो-एक साहब हाथी पर सवार बाग के फाटक पर खड़े हैं और हजूर से मिलना चाहते हैं। नवाब के कान खड़े हुए। यहाँ कौन आया है, भई, और फिर हाथी की सवारी पर। नवाब दूल्हा को बुलवाओ! ये अपनी बीबी के उनके कमरे में बातें कर रहे थे, कि उनको इत्तला हुई, दोनों बाहर आए। नवाब के पास दामाद ने जा कर कहा - इरशाद! उन्होंने हाल बताया। यह बाग के बाहर आए और हाथी की दोनों सवारियों को देख कर खुश हुए। फीलबान ने 'बिरी' कह कर हाथी को बिठाया। पहले एक साहब उतरे। दूसरे साहब भी उतरने ही को थे कि हाथी उठने लगा, और फीलबान ने फिर 'बिरी' कह कर बिठाया। पहले साहब तो कूद पड़े, और दूसरे साहब के लिए जीना लगाया गया। यह भी उतरे।

हकीम साहब और दारोगा जी कुर्सियों पर बैठे। अंदर से मामा खासदान लाई। हुक्का लाई। नवाब साहब आए।

नवाब - (दोनों से गले मिल कर) जनाब हकीम

साहब की अर्से के बाद आज जियारत हुई। मिजाज शरीफ। कहिए दारोगा साहब, खैरिसत है?

दारोगा - हजूर खैरियत तो नहीं है।

नवाब - क्यों, क्यों, साहबजादा आपका कहाँ है?

हकीम - इनका साहबजादा कैसा? इनके बापके भी साहबजादा था? वह लड़का तो ताल्लुकदार है।

कुल हाल बयान किया।

नवाब साहब दंग हो गए, और लड़की की बेचैनी का हाल कहा। दारोगा और नवाब और हकीम और नवाब दूल्हा, सब खुश। अंदर-बाहर घर-भर में खुशियाँ।

पहले तो नूरजहाँ बेगम की माँ को इस बात का यकीन न आया। कहा, यह हमारे खुश करने को तसल्ली दी जाती है। मगर इस भोंडी और झूठी बात से भला कब तसल्ली हो सकती है? ऐसी किस्मत हमारी कहाँ! नजीर बेगम को भी यकीन न आया। मगर इनके मियाँ कभी झूठ नहीं बोलते थे, इस सबब से उन्होंने अपनी माँ को तसल्ली दी कि अम्मीजान यह खबर झूठ नहीं हो सकती। कभी हमसे झूठ नहीं बोला जाता है। झूठ से हमको नफरत है। अच्छा महरी से पूछिए, मामा से

दरियाफ्त कीजिए। हाथ कंगन को आरसी क्या है। महरी ने कहा, वह मुए दारोगा आए है। और वह हकीम है जिन्होंने बीबी का इलाज किया था। मामा सिर्फ दारोगा को पहचानती थीं। दोनों गवाही में पूरी उतरीं। नवाब दूल्हा से कसमें दे-दे कर बड़ी बेगम ने पूछा - बेटा, मुझे अपनी सास न समझो, अपनी माँ समझो। मैं तो तुमको दामाद नहीं, अपना बेटा समझती हूँ। नवाब दूल्हा ने तसल्ली दी, और कहा - खुदा को अच्छा ही करना मंजूर है।

इतने में दरख्त से आवाज आई - पी कहाँ! और फैजन ने साहबजादी से कहा -हमारी सलाह मानिए, तो अब इस पपीहे को आजाद कीजिए। जिस तरह आपने यह खुशखबरी इतनी मुद्दत के बाद सुनी, उसी तरह इसको भी खुश कर दीजिए। और सच्ची बात यह है - कि दोनों नर-मादा कोसते होंगे कि किस जालिम ने हम पर यह इतना बड़ा जुल्म ढाया कि नर को मादा और मादा को नर की खबर ही नहीं। एक आसमान पर, दूसरा पाताल में।

बेगम - मैं खुश, मेरा खुदा खुश।

नजीर - अरे हाँ, छोड़ दो बेचारे को। मियाँ-बीवी फिर मिल जायँ!

फैजन - हमारी तो यही सलाह है।

प्यारी - सरकार, सैकड़ों दुआएँ देंगे। क्या इनके जान नहीं है?

सितारन - कैसी हूक उनके दिल से उठती है!

बेगम - अरे, बरसों का साथ होगा!

खवास - हमें बड़ा तरस आता है!

नजीर - तरस की बात ही है।

इतने में नूरजहाँ बेगम उठीं और पिंजरा खोल कर कहा - उड़ जा! और पपीहा निकल के फुर्र से उड़ गया। नर और मादा की जोड़ी फिर एक हो गई, और इतने दिन के बिछुड़े हुए मिले।

नवाब साहब ने अपने दोनों मेहमानों की बड़ी खातिर की। अंदर मामा ने नजीर बेगम की निगरानी में खाना पकाया - मुर्ग और बटेर और तीतर और हिरन और हरियल और मछली और बकरी का गोश्त - सात किस्म के जानवरों का गोश्त पका था। दो तरह का नमकीन पुलाव, एक किस्म का मीठा मुजस्सिम मुर्ग का कबाब। मछली दफना के पकाई गई थी। कई किस्म के मसाले पड़े हुए, काँटे सब गल गए थे। बैगन का डलमा इस कारीगरी से पका था, कि देखने से कच्चे बैगन मालूम होने थे - कि

अभी-अभी खेत से तोड़ के बैगन आए हैं। - और तराशिए तो वह खुशबू कि दिमाग तर हो जाय, और खाइए तो सारी खुदाई का खाना भूल जाइए।

नूरजहाँ को कुछ-कुछ तो यकीन आता था। मगर अभी-अभी वह सोचती थी कि सपने की-सी बातें मालूम होती हैं। फैजन को अलैहदा ले जा कर कहा - फैजन तुम्हारी क्या राय है? यह बातें सब क्या सुन रही हो। अगर यह सब सच है, तो फिर तो मारे खुशी के मेरी जान ही निकल जायगी। मैं खूब जानती हूँ कि मैं सपना नहीं देख रही हूँ, जागती हूँ। लेकिन यह खबर ऐसी है कि यकीन कम आता है। अंधा जब पतियाए जब आँखें पाए। यह मुमकिन है कि उन्होंने मेरी तसल्ली के लिए दारोगा को बुला लिया हो, और उसको कुछ ले-दे के अपनी तरफ कर लिया हो। मेरी अच्छी फैजन, इसकी टोह लो!

अब मैं साफ-साफ बता दूँ, वह लड़का दारोगा जी का नहीं है, वह ताल्लुकेदार का लड़का है, कोई राजा का। राजा जब मर गया, तो रानी ने अपने देवर से निकाह किया। उस देवर ने रानी को बेदखल कर दिया, और भाई के लड़के को निकाल दिया और सोलहों आने का मालिक बन बैठा। अब वह भी

जाता रहा। तब रानी ने लड़के की तलाश की। बड़े नवाब तो दारोगा जी और लड़के को निकाल ही चुके थे। लोगों से खोज लगाके लड़के को ढूँढा। रानी ने इन लोगों को हजार-हजार रुपया दिया। लड़का अब राजा हो गया। मगर आपकी जुदाई से उनके दुश्मनों की बुरी हालत है। यह तो हकीम आए हैं, यही राजा का इलाज करते हैं। दारोगाजी को लेके यहाँ आए हैं। अब लीजिए, एक ही अठवारे के अंदर जा कर अपने प्यारे से मिलिए।

नूरजहाँ बहुत ही खुश हुई। जामे में फूली नहीं समाती। दिल का अजब हाल था। अबर काँरू का खजाना और तमाम दुनिया की सलतनत मिल जाती तो भी उस पर लात मारती। वह सब एक तरफ और वह और उसका प्यारा एक तरफ।

प्यारी - सरकार, मुबारक, वह भारी जोड़ा लूँगी कि बादशाहजादियों, वजीरजादियों ने भी न पहना हो।

फैजन - बेशक, बेशक। इसके बढ़के और खुशी क्या होगी!

सितारन - दारोगाजी बड़े खुश हैं। मैं चाय लेके गई थी, ना। कहने लगे, तुम भी चलोगी? हमने

कहा - जी हाँ!

फैजन - चलेंगे कहाँ?

सितारन - ए तुमको बसंत की कुछ खबर ही नहीं। चलेंगे कहाँ की अच्छी कही! सारा घर भर जायगा।

प्यारी - क्या लड़की को वहाँ ले जायँगे? यह कौन दस्तूर है भला?

सितारन - ए बहन, सुना तो यों ही है।

नूर - यह क्या बात है, फैजन?

फैजन - नई बात सुनी।

इतने में फैजन ने नजीर बेगम से दरयाफ्त किया। नजीर बेगम ने अलैहदा ले जा कर कहा - सितारन ठीक कहती है। उस लड़के की तबीअत बहुत बिगड़ गई है। नूरजहाँ से - खबरदार-खबरदार! - न कहना। हकीमों ने जवाब दे दिया है। अल्लाह अपना फजल करे। मगर हकीम की राय है कि नूरजहाँ के देखते ही अच्छे हो जायँगे। क्योंकि यही बीमारी है, और इस बीमारी इलाज यही है कि नूरजहाँ से मिलें। और इधर नूरजहाँ की वहशत भी जाती रहेगी।

फैजन - ए अब जाती ही है। मगर बात तो

सुनो। क्या वह साहबजादा अब यहाँ तक आने के भी काबिल नहीं।

नजीर - नहीं।

फैजन - तो यहाँ से कौन-कौन जायगा?

नजीर - सारा घर-भर। कुल काफला रवाना होगा। नादिरजहाँ बेगम को बुलवाया है। नादिरजहाँ बेगम नजीर की छोटी बहन का नाम था। यह नूरजहाँ की हमजोली थी,और साल भर उसकी शादी को हुआ था। फैजन ने नूरजहाँ से कहा - सब मामला लैस है। अब आप जरा न घबराइए। घबराने की कोई बात नहीं है। वहाँ इस वजह से चलना होगा कि बड़ी रानी उस लड़के को अब दम-भर भी अपने पास से जुदा नहीं करती हैं। कई बार गश आ गया। और बीमार हो-हो गए। जब उन्होंने दारोगा और हकीम साहब को रवाना किया और कहला भेजा कि अगर हमारे बच्चे की जान लेना न मंजूर हो, तो जल्द निकाह हो जाय।

नूर - फैजन, तुम्हारा वह पंडित बड़ा सच्चा निकला।

फैजन - ए हजूर बड़ी पक्की बात बताता है। उसने जो कहा, वही हुआ। पर मंगल के दिन बताता

है। नहा-धोके, पाक-साफ होके आता है, और बिना स्नान-पूजा किए, हाथ नहीं देखता। हाल सुनता है। उससे हमने पूछा। पहले उसने नाम पूछा, फिर हाल पूछा। फिर मुझसे कहा, कोई फूल अपने दिल में ले लो। हमने फूल दिल में लिया, चम्बेली का फूल। ए बस, कुछ पढ़ के, और कुछ हिसाब करके तड़ से बता दिया : सफेद फूल लिया है। और हमसे कहा - जल्द मतलब हासिल हो जायगा।

नूर - वाहरे पंडित - बाम्हन है?

फैजन - हाँ, बाम्हन है, बड़ा नामी पंडित।

नूर - इनाम का काम किया है।

यें बातें होती थीं कि नवाब-दूल्हा अंदर आए और बड़ी बेगम से बातें करने लगे। नूरजहाँ ने उनकी बातें बड़े गौर से सुनीं। खूब दिल लगा के। और हर फिकरे, हर जुमले, हर बात पर बाछें खिली जाती थी। फैजन तो बेहद ही खुश। प्यारी भी खुशी से खिली हुई। सितारन जामे में फूली नहीं समाती थी। दुलारी को गोया लाखों रूपये मिल गए थे। घर में खुशी के शादियाने बजते थे। अभी-अभी सबके सब रंज में भरे हुए थे : किसी को चैन नहीं, नूरजहाँ की तबीअत दम-बदतर होती जाती थी, और बदतर क्या

माने, यों कहना चाहिए कि जनून जोश पर था, दीवानी हो गई थी और अच्छे होने की उम्मीद करीब-करीब खत्म। मगर मिजाज ने एकाएक पलटा खाया। गम के लश्कर को खुशी की फौज ने भगा दिया - रंज की पल्टने उखड़ गई, खुशी और चैन की अमलदारी हुई।

यहाँ से एक साँड़नी सवार दौड़ाया गया कि राजा राहतहुसैन से जा कर कहे कि हकीम साहब और दारोगाजी, मय काफले के आते हैं, और जिनके सबब से आपके दुश्मनों की तबीअत कमजोर हो गई है, उनको भी साथ लाते हैं। इसी हफ्ते में निकाह की रस्म पूरी होगी, इत्मीनान रखिए। हम सब कल ही दाखिल हो जायँगे।

साँड़नी सवार यह खत ले कर रवाना हुआ, और इधर नूरजहाँ बेगम ने नजीर बेगम के साथ मुद्दत-बाद खाना खाया। अब तक दिल की वहशत और जनून की वजह से न खाया वक्त से खाती थीं और न भूख लगती थी, और न खाने में लुत्फ था। अपने आपे ही में न थीं, खाना कैसा! आज अलबत्ता पेट भर के खाना खाया, और खाना भी तकल्लुफी और मजेदार था, और हँस-हँस के खाया। बात-बात में

शोखी। न पी कहाँ की पुकार, न आँसू, न बेकरारी। आँखों में पहले से भी ज्यादा नूर आ गया। सब कमजोरी जाती रही। दिल का अजब हाल था। जरा काबू से और जाता रहे, तो वाकई खुशी के मारे दम निकल जाय। जब खाने-पीने से छुट्टी पाई, तो फैजन से कहा - चुपके से किसी बहाने से बाहर जाके दारोगा साहब से कहो कि पूछती हैं - मिजाज कैसा है? अब तो कोई रुकावट न होगी? निकाह पर उनकी माँ राजी हैं, या अभी कुछ आगा-पीछा सोच रही हैं। कहना - खुदा को दरम्यान में रख कर और कुरान की कसम खा कर सच्चा हाल कहें।

फैजन ने चुपके नजीर बेगम से कहा - तुम बाग में जाके जरी देर ठहरी। और ऊपर खुश-खुश आके, अलग ले जाके, कहा, कि दारोगा कहते हैं कि जब हम लोग रवाना हुए कि इनको ले जायँ, और जब से उनको पूरा-पूरा यकीन हो गया है कि दिल की मुराद जल्द पूरी होगी, तब से बड़ी खुश हैं और नौकरों को अभी से भरपूर इनाम दिए, और जोड़े झड़ाझड़ बन रहे हैं। नौबत अभी से बिठा दी है। उसकी टकोर दूर तक जाती है। गोरे बुलवाए हैं और अंग्रेजी बाजा बजेगा। साहब लोगों की दावत की है। ...यही सब

बातें कहना...

फैजन बाग में गई। सितारन से गेंद धड़क्का खेला। आपस में चुहल हुई।

सितारन - तख्त की रात को जरी खूब निखरना!

फैजन - यह क्यों! तख्त की रात को दुल्हन को निखरना चाहिए कि हमको!

सितारन - शायद, पलँग की...

फैजन - (आहिस्ता से थप्पड़ लगा कर, मुस्करा कर) कुतिया कहीं की!

सितारन - ओ हो! दिल में तो खिल गई होगी!

फैजन - हम अपनी खिदमत तुम्हारे सुपुर्द कर देंगे।

सितारन - हमारा वहाँ कौन काम?

फैजन - किसे उम्मीद थी सितारन, कि खुदा यह दिन दिखाएगा!

सितारन - तोबा करो बहन!

फैजन - मगर इसमें शक नहीं कि अल्ला रक्खे चाँद-सूरज की जोड़ी है।

सितारन - अ हा हा हा! क्या चाँद और क्या सूरज - तुमको चूम लेने तक का तो हक है!

फैजन - तुम्हीं... जाके!

सितारन - यह इतना बिगड़ती क्यों हो? (मुस्करा कर) और दिल में खुश होती होगी कि हम भी इतने हुए!

फैजन - इतने हुए क्या माने! कुछ मैं बुढ़िया-सिढ़िया हूँ - या कोई कानी-खुदरी हूँ। सूबेदार का लड़का कैसा लट्टू था! गाँव-गिरावँ लिखे देता था!

सितारन - अक्ल की दुश्मन हो!

फैजन - अरी सिड़न! अल्लाह को देना होगा तो यों ही देगा।

सितारन - अच्छा, ले अब तुम जाओ, वह बड़ा इंतजार कर रही होगी।

फैजन बहुत ही खुश कोठे पर गई, और इशारे से नूरजहाँ बेगम को बुलाया।

फैजन - वहाँ तो बड़ी-बड़ी तैयारियाँ हो रही हैं।

नूर - (खुश हो कर) हाँ! क्या?

फैजन - साहब लोगों की दावत होगी। कलकत्ते से अंग्रेज बावर्ची बुलाए गए हैं। गोरों का बाजा होगा। नौबत बिठाई गई है।

नूर - अभी से! अमीर तो हैं ही।

फैजन - बड़ी बी अपनी हवस निकालेंगी। एक बेटा है, उसकी शादी में सभी अरमान निकालेंगी।

भारी-भारी जोड़े अभी से तैयार हो रहे हैं। एक से एक बढ़िया। हाथियों के वास्ते गंगा-जमनी हौदे चाँदी-सोने के बन रहे हैं। दारोगाजी ने कहा कि सब सामान लैस है।

गरज यह कि नूरजहाँ के खुश करने और तसल्ली देने के लिए नजीर बेगम ने दस झूठी बातें कही थीं तो बी फैजन ने तर्रारी के साथ निन्नानवे उससे और बढ़-बढ़ के कहीं। और नतीजा यह हुआ कि नूरजहाँ अपना पिछला सारा रंज इस तरह भूल गई कि जैसे रंज कभी हुआ ही न था।

***

बाब : 9

है दुनिया दुरंगी मकारा-सराय
कहीं खूब-खूबाँ, कहीं हाय-हाय

दुनिया के यही माने हैं। गो यह शेर भदेसल है, मगर कदर के काबिल है। कितना सच्चा मजमून हैं! दुनिया और दुनियावालों की दोरंगी जाहिर है। मुँह पर कुछ, पीठ-पीछे कुछ। मकारा-सराय के यह मानी, कि मकर की जगह : मकर और जोर-जबरदस्ती से भी हुई। दूसरे मिसरे के मजमून से कौन इनकार कर सकता है। कोई हँस रहा है, तो कोई रो रहा है। किसी की बरात धूम-धाम से ससुराल जाती है, किसी का जनाजा लोग कब्रिस्तान लिए जाते हैं। एक के यहाँ खुशी के शादियाने बजते हैं, दूसरे के यहाँ कुहराम मचा हुआ है। नूरजहाँ बेगम पोतड़ों की रईसा - जिस दिन पैदा हुई थीं मियाँ जोश की चढ़ाई पर घर-घर खुशी हुई थी। एक हफ्ते तक तोरे-बंदी, दस रोज तक नाच-रंग। जब लड़की बड़ी हुई तो घर भर की पुतलियों का तारा, बच्चा, सब की जान से प्यारा। आसमान के तारे और चिड़िया का दूध भी

माँगती तो माँ-बाप ला कर मौजूद कर देते।

एक दिन मचल गई कि चाँद से खेलूँगी। बच्चे की हठ भी राजहठ और तिरियाहठ की तरह मशहूर है। अब किसी का कहना नहीं मानती! उसकी माँ उसको कोठरी में ले गई, और एक जुगनू पकड़वा के दिखा दिया। उसकी रोशनी को यह चाँद समझी। जब जाके कहीं रोना खत्म किया और हिचकियाँ बंद हुईं। अब की फिर पलटा खाया, और नौबत यहाँ तक पहुँची कि दीवानी हो गईं। अब खुदा-खुदा करके यह दिन देखा, कि जिसकी चाह में बावली हो गई थी, उससे मिलने जा रही हैं। हाथी पर दारोगा और हकीम साहब, और घोड़े पर बड़े नवाब और नवाब-दूल्हा, और फिनसों में बड़ी बेगम और नजीर बेगम और नूरजहाँ, और डोलियों में खवासें, महरियाँ, वगैरह। यह काफिला इस तरह पर रवाना हुआ। सबके कलेजे हाथ-हाथ भर के। जैसे इतने बड़े काफिले में कोई भी ऐसा न था, जिसको तमाम उम्र कभी भी रंज हुआ हो, जैसे रंग और गम का नाम ही नहीं सुना था।

शाम को मंजिल पर पहुँचे। यहीं एक डाक-बँगले में टिके, और थोड़ी देर के बाद एक काफिला और

दाखिल हुआ। नवाब नादिरजहाँ बेगम, उनके मियाँ, आगा मोहम्मद जान, एक महरी, एक खवास, दो छोकरियाँ, एक सिपाही, एक मशालची। नादिरजहाँ और नूरजहाँ हमजोलियाँ मिलीं तो एक कमरे में जाके बातें होने लगीं।

नादिर - यह क्या गुल खिला रही हो, नूरजहाँ?

नूर - गुल कैसा!

नादिर - गुल वही, जिस पर रीझी हुई हो!

नूर - रीझना कैसा?

नादिर - तुम्हीं जानो।

नूर - हम तो रीझना बीझना कुछ भी नहीं जानते, बहन।

नादिर - चल झूठी! वह लौंडा कौन ऐसा परिया है जिस पर तुम-सी परी इतनी लट्टू हो गई। क्या बड़ा गोरा-चिट्टा है!

नूर - कौन लौंडा, हम क्या जानें लौंडा-पौंडा। यह कैसी बहकी-बहकी बातें करती हो, बहन? बूटी पी के आई हो, क्या?

नादिर - अब मार बैठूँगी, हाँ! ले, अब हँसी-दिल्लगी हो चुकी, यह बताओ, कि कौन है। कहीं ऐसा न हो, कि किसी ऐसे-वैसे पर गिर पड़ी। इतना

फजीता भी हो, और फिर वही मोची के मोची!

नूर - अरे बहन, देखोगी तो हमसे छीन लोगी। आगा दूल्हा को भूल जाओगी। मेरी तो सचमुच जान जाती है।

नादिर - हाँ, जभी यह इश्क इतना चर्राया है!

नूर - चर्राया-पर्राया हम नहीं जानते। देखोगी तो कहोगी, युसूफ अपने वक्त का यही है।

नादिर - और जुलेखा तुम।

नूर - क्या जाने क्या सबब है, बहन, कि थोड़ी देर से दिल बैठा जाता है। पहले तो हमें यकीन नहीं आता था। समझी, कि मेरी तसल्ली के लिए झूठ-मूठ की बातें बनाई हैं। जब यकीन आया, तो बड़ी खुशी हुई, और इतनी खुशी हुई कि सचमुच जागे में फूली नहीं समाती थी।

नादिर - यह तो कायदे की बात है।

नूर - अब दिल डूबा जाता है।

नादिर - अरे, अब दो दिन में कलेजा गज भर का हो जायगा, जब वह होंठो से मिसरी घोलेगा, गर्मा-गर्म बोसे लेगा।

नूर - यह वाहियात बातें न करो!

नादिर - वाहियात बातें हैं? दिल में तो खुश

होगी, और कहती होगी कि यह मुई पहाड़ सी रात काटे नहीं कटती, कहीं जल्दी से खत्म हो। और जब दोनों मिलोगे तो लाखों दुआएँ माँगोगी, कि तड़का देर में हो। सुनो तो! - इसकी खबर क्यों कर मालूम हुई कि कहाँ रहता है?

नूर - (सब हाल बयान करके) एक-एक घड़ी पहाड़ मालूम होती है।

नादिर - यह बात अब खुली!

नूर - ए तो तुमसे कौन-सी चोरी है!

नादिर - जब बुढ़िया-बुड्ढे से चोरी नहीं, तो हम तो बराबर की हैं। दो-चार महीने की बड़ाई-छुटाई क्या! यह वही है ना, जो दारोगा ने पाला था! - या शायद उसका भतीजा है!

फैजन ने नूरजहाँ के हुक्म से कच्चा-चिटठा कह सुनाया। यह किस्से को खत्म कर ही चुकी थी कि डाक-बँगले के पास रोशनी नजर आई, दस्ती मशाल। फीनस पर से एक डाक्टर उतरे, और खानसामा से ब्रांडी माँगी। हकीम साहब ने कहा - यह तो डाक्टर गोपाल गांगोली की-सी आवाज है। इतने में कहा - क्या डाक्टर साहब हैं? जवाब आया - जी हाँ, हकीम साहब बंदगी। अक्खाह, नवाब साहब है, बंदगी!

हकीम - कहाँ के धावे हैं, डाक्टर साहब?

डाक्टर - वह जो राजा राहत हुसैन है, वह भौत बीमार हो गया है। आदमी हमारे पास आया, कि रातों रात आइए! सो, हम जाता है।

हकीम - वह आदमी कहाँ है? वह जो टाँगे पर आता है?

नवाब बहुत घबराए। उनके दामाद भी परेशान हुए। इतने में टाँगा पास आया। दारोगा आगे बढ़े।

दारोगा - अरे मियाँ, मुबारक हुसैन, राजा कैसे है?

मुबारक - दारोगा साहब, क्या अर्ज करूँ। मिजाज अच्छा नहीं है। बेचैनी की कोई हद नहीं।

दारोगा - अल्लाह अपना फजल करे।

मुबारक - हाँ, खुदा मालिक है। मगर हाल अच्छा नहीं है।

हकीम - क्या हाल है?

मुबारक - नब्ज बहुत ही सुस्त चलती है।

हकीम - अरे!

नवाब - या खुदा, हर आफत से बचाना!

डाक्टर साहब और मुबारक हुसैन चल दिए। और इस कुल काफिले को मालूम हो गया कि जिसके

लिए जाते है, उसका हाल पतला है। नूरजहाँ का तो सुनते ही फिर पहले-जैसा हाल हो गया। बड़ी बेगम तजरुबेकार औरत थीं। सोचा कि जब नब्ज ही सुस्त हो गई तो बचने की कौन सूरत है, लड़की दोनों जहान से गई। मियाँ-बीवी, लड़कियों और दामादों में चुपके-चुपके बातें हुईं। नवाब ने हकीम साहब से भी सलाह की।

हकीम - मुबारक हुसैन कोई डाक्टर नहीं, हकीम नहीं। लुर आदमी है। क्या जाने कि नब्ज क्या चीज है। नब्ज का देखना कोई दिल्लगी है? वह डाक्टर ही कौन बड़े नब्बाज होते हैं!

दारोगा - अमीर का लड़का है, और सिर्फ एक ही औलाद है। जरा पाँव में फाँस चुभी, तो बस गजब ही हो गया।

हकीम - बस यही बात है। घबराइए नहीं।

नवाब - चलिए, इसी वक्त रवाना हों! कुछ दूर तो है नहीं।

हकीम - बेशक, चलिए।

दारोगा - चलिए तो जान में जान आ जाय।

हकीम - क्या अफसोस है!

नवाब - जो मौला की मर्जी!

बेगम साहब की भी यही सलाह हुई। नवाब-दूल्हा ने आदमियों को हुक्म दिया कि रोटी जल्द खाओ, हाथियों, घोड़ों, बैलों को रातब खिलाओ। कूच होनेवाला है। सब ने झट-पट रोटी खाई, रातब खिलाया, लैस हुए। नूरजहाँ को नादिरजहाँ और नजीर और फैजन ने बहुत समझाया।

काफिला रवाना हुआ। नूरजहाँ का दिल बल्लियों उछलता था। हरदम नाउम्मीदी की तस्वीर आँखों में फिरती थी। आँखों से आँसू नहीं बहते थे, मगर दिल रोता था। बड़ी बेगम को शक की जगह यकीन था कि लड़का न बचेगा, और लड़की भी रो-रो के जान दे देगी। फैजन और प्यारी बहुत उदास थीं, सितारन और दुलारी मुर्झाई हुई। दोनों दामाद उदास। नवाब के के चेहरे पर मुर्दनी हुई हुई। दारोगा और हकीम तो खामोशी की हालत में, नवाब बहुत रंजीदा। एक मुकाम पर पहुँचे तो आवाज आई - पी कहाँ! बस इस आवाज का सुनना था कि नूरजहाँ, दीवानी तो हो ही गई थी, और भी दीवानी हो गई, और बे-झिझक, बिला लिहाज पी कहाँ! पी कहाँ! की आवाज लगाने लगी। जंगल में दो आवाज पी कहाँ! की उठीं। इस दर्द-भरी आवाज और जुनून की हालत से काफले

भर का दिल और भर आया। गो रात का वक्त था, मगर जो आदमी इक्का-दुक्का मिलता था, वह फीनस में से 'पी कहाँ!' की आवाज सुन कर साफ समझ जाता था, कि कोई लड़की दीवानी हो गई है, किसी कमसिन की आवाज है। चलते-चलते एक आदमी मिला। उससे दारोगा साहब ने पूछा - अरे भाई, खैर-सल्लाह कह चलो! उसने कहा - दारोगा साहब, तबीअत बहुत बिगड़ गई थी। डाक्टर साहब ने आके के देखा, और दवा दी। जब से तबीअत सँभल गई है। नहीं तो रोना-पीटना मच गया था। और सच यों है कि जब उठें और नहाएँ, जब हम पतियाएँ। हमको डाक्टर साहब ने बर्फ लेने को भेजा है। दारोगा ने कहा - बर्फ हमारे साथ है, पंद्रह सेर। तुम भी जाके लाओ। ड्योढ़ लगी रहे।

इस चीज के सुनने के बाज-बाज को जरा तसल्ली हुई। मगर नूरजहाँ और बड़ी बेगम को जरा तसल्ली न हुई। क्योंकि उस आदमी ने कहा कि जब उठके बैठें और नहाएँ, तब की बात है। उससे दिल की तसल्ली होना मुश्किल ही थी। मगर यह मालूम हो गया कि राजा अभी जिंदा हैं। हकीम जाते ही है, डाक्टर मौजूद ही है, इलाज हो रहा है कि बच जायँ।

नजीर बेगम दो दिन की जागीं थीं, फिनस में सो रहीं। जब एक दफा जोर से 'पी कहाँ!' की आवाज सुनी तो उठ बैठीं और बड़ा रंज किया कि हाय! अच्छी होके फिर दीवानी हो गई। दिल को इतनी ढारस थी कि इस लड़के के देखते ही दोनों की जान में जान आएगी। मुमकिन है कि यह उसको और वह इसको देख के ऐसे खुश हों कि उसकी बीमारी और इसकी दीवानगी दूर हो जावे। खुशी अजीब चीज है। जिस तरह इंसान गम से घुल जाता है, उसी तरह खुशी से पनप जाता है।

चलते-चलते रास्ते में दारोगा न एक से पूछा, अरे, भाई, खैरियत तो है? उसने कहा, दारोगाजी, डाक्टर साहब जान लड़ा रहे हैं। और पहले से बड़ा फर्क है। दुआ और दवा दोनों में, रुपया कौड़ियों की तरह खर्च हो रहा है। और बड़ी रानी साहब अंगारों पर लोट रही हैं। अब जल्द जाइए। दारोगा ने कहा, अब तो पहुँच ही गए। खुदा मालिक है। घबराने की कोई बात नहीं। अल्लाह पर हरदम भरोसा रखना चाहिए।

थोड़ी ही देर में काफिला अपनी मंजिल पर आ पहुँचा। वहाँ देखा, तो सब फाटक खुले हुए, और हर

मुकाम पर तेज रोशनी, चकाचौंध का आलम, और लोग इधर-उधर दौड़ते हुए। सब बदहवास, परेशान। पर्दा हुआ। मर्द सब बाहर रहे। औरतें अंदर गईं। जनानी डयोढ़ी पर वहाँ की औरतें आगे बढ़के उन्हें मिलीं और अंदर ले मई। और बड़ी रानी ने बदहवासी के साथ पूछा - हमारी बहू कौन हैं?

नजीर बेगम ने नूरजहाँ की तरफ इशारा करके कहा - आपकी बहू ये हैं। इतना सुनते ही बड़ी रानी नूरजहाँ को लिपट गईं। और आँखों में आँसू भर कर कहा - अल्लाह करे तुम्हारी जोड़ी बरकरार रहे। अब हमारी जान में जान आ गई। सबकी सब अंदर गईं।

अब वहाँ का हाल सुनिए। एक बड़े बैठकखाने में डाक्टर बैठे हुए। उसी में एक पलँग बिछा हुआ, बिस्तर साफ-सुधरा। इत्र और गूगल और अगर की बत्ती और फूलों की खुशबू से मकान भर महक रहा था। लैंप रोशन, सब लैंपों पर हरा शेड। घर की नौकरी औरतें अदब के साथ हाथ बाँधे हुए खड़ी, सब खामोश। दवाओं की शीशियाँ और बोतलें इसी बैठकखाने में एक तरफ चुनी हुईं। उस पलँग को, जिस पर राजा राहत हुसैन आराम करते थे, बहुत सी औरतों ने घेर लिया था। कोई पूछती थीं - भैया

हमको पहचानते हो? कोई कहती थी - डाक्टर साहब, मैं लौंडी हो जाऊँगी, इनको कोई ऐसी दवा दीजिए कि बातें करने लगें। किसी ने रो कर कहा - या इलाही, यह क्या हो रहा है! मर्दों में सिवाय दीवान कांजीमल और डाक्टर और एक ख्वाजासरा के और कोई नहीं। कांजीमल और डाक्टर से इस परेशानी की हालत में किसी ने पर्दा नहीं किया। जान पर बनी हुई थी। डाक्टर साहब वाकई जान पर खेल गए, जान लड़ा दी, बाहर दो सौ सैयदों को खिलाया गया। एक तरफ लंगर बँट रहा था, दूसरी तरफ फकीरों को खाना और कपड़ा दिया जाता था। यह उस वक्त का हाल है जब यह काफिला दाखिल नहीं हुआ था। जब यह काफिला दाखिल हुआ, और ये लोग आए, फौरन आग और इमलाक भर में पर्दा करा दिया गया। अब सिर्फ डाक्टर बैठे थे। कांजीमाल बाहर चले गए। नूरजहाँ अपनी परेशानी और रंज और गम सब भूल गईं। एक-एक कदम पर यह मालूम होता था कि एक जान की जगह हजार-हजार जानें पैदा होती जाती हैं, दिल बाग-बेगम ने कहा - मुझे तो दोबारा जिंदगी मिली! नजीर बेगम बोलीं - अम्मीजान, दुबारा जिंदगी पाई!

नादिर जहाँ ने कहा - किसको यह उम्मीद थी। हाय, मैं तो बाजी जान, बिलकुल नाउमीद हो गई थी।

फैजन नूरजहाँ के साथ-साथ थी, और चुपके-चुपके कहती जाती थी कि वह भारी जोड़ा लूँगी कि यहाँ की जितनी रानियाँ और बेगमें हैं, सब शरमा जायँ!

प्यारी अकड़ के चल रही थी।

दुलारी, सितारन, सब बेहद खुश, कि दुल्ला के घर पर आ गए। डाक्टर साहब से कहा गया, कि जरा आड़ में हो जाइए।

पलँग के पास फैजन, नूरजहाँ बेगम तो चली गईं, और सब दूर खड़ी रहीं। नूरजहाँ पहले तो जाते हुए झिझकी, शर्म आई।

फैजन ने कहा - अरे, सरकार, चलिए! फिर मुस्करा कर चुपके से कहा - ए वाह, अब रंग लाई गिलहरी।

और जितनी औरतें थीं, सब हट गईं।

अब सुनिए कि डॉक्टर ने आके इस साहबजादे को बड़ी बुरी हालत में पाया था और स्टीमुलेंट देने शुरू किए, यानी दवा जो मरते हुए को थोड़ी देर

जिंदा कर देती हैं, यानी कुछ नशे की दवाएँ। उनसे सौ में दो-चार दस-पाँच अच्छे भी हो जाते हैं।

इन दवाओं ने जो तजरुबेकार डाक्टर पंद्रह-पंद्रह बीस-बीस मिनट में देते जाते थे, मरज की खूब रोकथाम की। नूरजहाँ जब जाके पँलग पर बैठी, तो फैजन ने जो इस लड़के के साथ खेल चुकी थी, कहा - हुजूर का मिजाज कैसा कैसा है?

उन्होंने आँखें खोल दीं, और नूरजहाँ को देख कर रूह को कुछ ताजगी मिली, मगर फैजन के सवाल का कुछ जवाब न दिया।

फैजन ने फिर छेड़ कर कहा - ए हजूर, देखिए तो पलँग पर कौन बैठा है?

नूरजहाँ का कलेजा बल्लियों उछलता था।

उस लड़के ने आँखें खोल कर अपनी प्यारी माशूका पर नजर डाली। इतने इश्क और मोहब्बत के होते हुए भी, इस कदर कमजोरी जिस्म पर छा गई थी, कि बोलने की सकत न थी।

आँखें भर कर देख तो, मगर मुस्कराने तक की मरज ने इजाजत न दी!

फैजन ने कहा - ए हजूर, इनका तो पी कहाँ! कहते कहते मुँह थक गया, गला सूख गया, और

आपकी ऐसी बेरुखी! ए मुँह से बोलो, मकर किए पड़े हो।

इस लड़के और फैजन की लड़कपन से मुलाकात थी और बेतकल्लुफी तो लड़की में होती ही है।

कभी इस वक्त के ऊँचे दर्जे का लिहाज करके सरकार कहने लगती थी, मगर मुँह से बोलियों के बजाय बोलो कह जाती थी। घर की औरतें सब हैरान, कि यह क्या माजरा है। हम तो समझे थे कि दोनों की चार आँखें होते ही दोनों पनप जाएँगे, बीमारी दूर हो जायगी, मगर यह सब खयाल ही खयाल था। इतने में डाक्टर साहब ने कहा - पंद्रह मिनट हो गए। पर्दा होना चाहिए।

बड़ी रानी ने अपनी एक महरी को हुक्म दिया कि चादर नूरजहाँ बेगम को उढ़ा दो, बस, पर्दा हो गया। वह चादर ले जाने ही को थी कि एकाएक मरीज का मनका ढलका - औरतें और डाक्टर आड़ से मरीज को गौर के साथ देख रहे थे, औरतें दौड़ पड़ीं।

डाक्टर दूर से देख कर बाहर चल दिए, और वहाँ हकीम साहब से कहा - राजा साहब गुजर गया।

और महलखाने में इतना कुहराम मचा कि इस

मुकाम के दस कोस तक पचास-साठ बरस से ऐसा कुहराम न मचा होगा।

एक दफा डाक्टर और हकीम को जबरदस्ती लोग अंदर ले गए। हकीम साहब ने नब्ज देखी, डाक्टर ने सीने पर हाथ रक्खा, और दोनों फिर बाहर चले। हकीम साहब ने चलते हुए इतना कहा - अल्लाह में सब कुदरत है।

इतने में पलँग के इर्द-गिर्द भीड़ लग गई, और तीन हिचकियाँ इस मरीज ने लीं, और चौथी हिचकी में दम निकल गया। अब पिट्टस और कुहराम की आवाजें आसमान के पर्दे फाड़ने लगीं। और जब नूरजहाँ ने एक औरत के बैन की आवाज सुनी - अरे मेरे नर्गिस आँखोंवाले बच्चे! देख तो सिरहाने कौन बैठी है!

इतना सुनना था कि नूरजहाँ ने आँख खोल के देखा और लाश की गर्दन को अपने मेहँदी-रचे हाथों से जरा उठा कर बाँहें डाल दीं, और बावली सिड़न तो हो ही गई थी, दो बार गालों को चूमा। और उसी दम एक पलँग पर दो लाशें नजर आईं। एक की बाँहें दूसरे के गले में।

अगर रूह कोई चीज है तो वाकई इन दोनों

बेजान तन की रूहों को कितनी खुशी होगी कि इस कदर हसरत और नाकामी में भी यह बात हासिल हुई कि दोनों लाशें गले लगाए पड़ी हैं।

जिस वक्त नूरजहाँ ने दम तोड़ा, उसके एक मिनट पहले उसने तीन बार वह आवाज - जिसको उसके दिल की बड़ी सख्त हूक कहना चाहिए - ऊँची की थी, और तीसरी आवाज, जिसके बाद उसने जान जान देनेवाले को सुपुर्द कर दी, यह थी- पी कहाँ।

www.ingramcontent.com/pod-product-compliance
Lightning Source LLC
LaVergne TN
LVHW010803051026
849532LV00007B/2446